Escobar

Márwio Câmara

MOINHOS

© Moinhos, 2021.
© Márwio Câmara, 2021.

Edição:
Camila Araujo & Nathan Matos

Assistente Editorial:
Karol Guerra

Revisão:
Ana Kércia Falconeri Felipe

Capa:
Sergio Ricardo

Projeto Gráfico e Diagramação:
Luís Otávio Ferreira

Nesta edição, respeitou-se o Novo Acordo Ortográfico da Língua Portuguesa.

Dados Internacionais de Catalogação na Publicação (CIP) de acordo com ISBD

C172e
Câmara, Márwio
Escobar / Márwio Câmara - Belo Horizonte, MG : Moinhos, 2021.
128 p. ; 14cm x 21cm.

ISBN: 978-65-5681-049-2

1. Literatura brasileira. 2. Romance. I. Título.

2021-556
CDD 869.89923
CDU 821.134.3(81)-31

Elaborado por Vagner Rodolfo da Silva - CRB-8/9410

Índice para catálogo sistemático:
1. Literatura brasileira: Romance 869.89923
2. Literatura brasileira: Romance 821.134.3(81)-31

Todos os direitos desta edição reservados à
Editora Moinhos — Belo Horizonte — MG
editoramoinhos.com.br | contato@editoramoinhos.com.br

Para os amigos
Antonio de Medeiros,
Antonio Munró Filho,
Maicon Pereira,
Rafael Iotti,
Rafael Mendes
e Sandra Reis.

Que é que eu penso do amor? – Em suma, não penso nada. Bem que eu gostaria de saber o que é, mas estando de dentro, eu o vejo em existência, não em essência. O que quero conhecer (o amor) é exatamente a matéria que uso para falar (o discurso amoroso).

Roland Barthes, Fragmentos de um discurso amoroso

11
a porta

15
das considerações
de seio íntimo

47
isto não é um
cachimbo

85
asas

labirinto

(**la.bi.***rin*.**to**)
(latim *labyrinthus, -i*, do grego *labúrinthos, -ou*)
sf.
1. Lugar, construção, jardim etc. com muitas divisões e passagens interligadas, em que é possível se perder ou não encontrar a saída.
2. Representação gráfica esquemática de um labirinto, ger. como passatempo (achar o caminho para entrar ou sair).
3. Fig. Grande confusão, complicação; EMARANHADO: *um labirinto de problemas*
4. Fig. Disposição irregular e complicada: *um labirinto de ilhas* [Sin.ger. nas 3 primeiras acp.: *dédalo*]
5. Anat. Conjunto de cavidades que formam a orelha interna
6. Bras. N.E. Bordado de bastidor; CRIVO

[F.: Do gr. *labýrinthos,ou*]

*Novíssimo AULETE, Dicionário Contemporâneo de Língua Portuguesa.

a porta

aconteceram-me algumas coisas desde o último verão. não sei muito bem como iniciar. talvez eu simplesmente não escreva nada, e isto que chamo de relato ou narrativa seja apenas o início do início do fim de alguma coisa que tento encerrar de uma vez por todas.

não, não é bem assim.

estou aqui reunindo todos os fragmentos de uma experiência pessoal para ordená-los de forma que este relato soe de maneira minimamente lúcida e concreta.

eu li nos jornais que pessoas têm se matado quase todos os dias. quando um amigo tirou a própria vida, por motivos não muito óbvios, fiquei abalado durante uma semana, sobretudo porque o considerava um cara tremendo, além de grande jornalista. um dia antes de seu suicídio, ele me falara sobre o desejo de escrever um livro, sobretudo um romance. tinha até algumas coisas já escritas, e que, depois, me enviaria.

Virginia Woolf, abalada com a guerra e sobretudo com a guerra interior que travava há anos por conta de sua esquizofrenia, resolveu escrever uma carta de despedida ao marido e inserir algumas pedras no bolso, antes de consumar o corajoso ato, conduzindo-se para o eterno mergulho nas profundezas do Rio Ouse. Ana Cristina Cesar queria chorar, mas não conseguia. sentia-se como se estivesse emparedada, revelou ao amigo Armando Freitas Filho, em seu último telefonema antes de se jogar de uma das janelas do apartamento dos pais, em Copacabana. Pedro Nava atirou contra si mesmo, sucumbido pelo medo de expor a homossexualidade à esposa e toda a família, em decorrência das chantagens feitas pelo amante, um garoto de programa. Sylvia Plath, convalescida pela depressão, trancou os filhos dentro de um quarto, ligando o gás da cozinha e conduzindo o rosto para dentro do fogão.

acontece que estou sempre tateando alguma coisa no meio do escuro. um rosto de variantes formas nota-se no meio das palavras que escrevo, como aquela estrutura estranha que se move em cima da superfície do mogno da mesa da sala. e porque no fundo meu interesse está nas coisas comezinhas, essas que nunca costumamos naturalmente contar nas grandes rodas, em que todos parecem demonstrar serem mais interessantes do que realmente são, não muito diferente das redes sociais.

o amor, por exemplo. sempre que se fala sobre o amor, há quem já deboche e diga ser uma coisa estupidamente clichê e cafona, anedota pueril dos românticos, e que relevante mesmo seja apenas falar sobre a miséria nossa de cada dia. o realismo, de certa forma, pasteurizou o tema, catalogando-o como pura idealização católica apostólica romana, o que não deixa de ser verdade. mas o amor é vida pulsando também e muitas outras coisas ainda. aliás, alguém me disse que amor e morte andam juntas, lado a lado. e que o sentimento de amar o ser amado, com aquela entrega dos verdadeiros amantes, é quase o mesmo de morrer, uma experiência única e impactante. o tal momento shakespeariano.

enquanto escrevo, ouço o som de automóveis, ronco de motor de moto, buzinas, sirene de ambulância e algumas vozes desconhecidas na rua lá fora. e tudo isso se mistura feito vórtice com o que eu passarei a chamar daqui por diante de cenas.

apenas lembro, por ora, que alguém tocou a campainha e eu, ao fechar o notebook e levantar-me da cadeira da escrivaninha, logo em seguida, antes de abrir a porta, fitei a retina direita no olho mágico e...

das considerações de seio íntimo

-fio-duplo-do-desejo-magnético-animal-nas-sombras-do-imenso-êxtase-arpoador-

faço magia com as próprias mãos ao escrever-te. estes versos cheios de lisuras e roseiras, que mesmo estupidamente belas, me ferem e me ferem, retirando-me gotas de sangue, por vezes.

desejo tua boca como quem pensa no último momento da experiência humana antes de morrer. dentro de mim, apenas um movimento doce de estrelas – e o silêncio a me entristecer. mas há música também que chama, e é nela que eu te canto na esperança que tu me ouças. embora eu não me atreva a materializar em palavras tudo que tenho suportado, nesse desejo voraz por te amar calado e de querer-te todos os dias, mais e mais – enlouquecer.

é porque a gente ama cheio de sede e explosão, cheio de fúria e paixão, muito sem saber o porquê.

ama-se à nuvem do mistério.

imprecisão.

sente-se.

basta ouvi-la no gravador para um céu de estrelas romper dentro do peito da gente.

as palavras fogem. elas sempre fugiram.

gostaria que ela soubesse que a amo, mas tenho medo. maldita insegurança. gostaria de enchê-la de presentes e de beijos. gostaria que os anjos lhe tocassem uma ária celeste. gostaria de tê-la para sempre em meus braços, e por isso que a eternizo – na gênese da palavra.

se ela soubesse que a amo, sem a menor pretensão... melhor calar-me.

um dia me atreverei, e quando menos esperar direi a ela: amo-te. depois disso, morrerei, certamente, de emoção.

CENA
1

certo dia, gravei um trecho de Barthes para R.: *Fragmentos de um discurso amoroso*, no gravador do celular. respirei fundo. concentrei-me. recitei-o. o coração saltando pela boca. invadido por uma sensação indescritível de tensão e êxtase. palavra por palavra.

fragmentos enviados por mensagem de voz.

R. visualizou. agradeceu em seguida. e não disse mais nada.

CENA 2

o amor é o ridículo da vida, já dizia Dalva de Oliveira.

não é nada. é a coisa mais bonita que existe, respondeu-me uma amiga.

tudo que tem escrito é verdadeiramente tocante, rico e mágico, disse um amigo.

ambos devem me achar ridículo, isso sim, penso, aqui, em meu íntimo.

jamais, ridículo por quê?, indagaram ambos, como se tivessem me ouvido.

esse platonismo ainda vai me enlouquecer, respondo.

fique tranquilo, dizem.

como se fosse fácil, retruco.

acalme-se, homem!, eles exclamam.

mas como, se a cada dia esse sentimento cresce feito um câncer dentro de mim? do que adianta tanto amor sem poder trocar nada, sem poder dizer-lhe uma única palavra que promova tal gesto? R. nem sequer sabe que a amo. de certa forma, sinto-me como se estivesse amando a Marilyn Monroe. um sonho, sabe? simplesmente, um sonho.

com a diferença de que a Marilyn faleceu há mais de cinquenta anos, e R. está vivinha da silva, morando em Copacabana, lembrou-me meu amigo.

é verdade. uma alegria.

CENA 3

saio do quarto e vou até a cozinha. abro a geladeira. encho um copo de Coca-Cola. corto uma rodela de limão. insiro-a dentro da circunferência do copo. bebo o refrigerante. o prazer líquido gaseificado passando pelo tubo digestivo. resolvo ir até o terraço. está frio aqui fora. sento-me na cadeira. registro algumas estrelas no céu. gostaria de ler *Tom Jones* e ouvir Bessie Smith. uma coisa ou outra. mas por que não as duas? acabo não fazendo nenhuma.

volto para o quarto. assisto a um filme na TV por assinatura: *Tom at the farm*.

CENA 4

o quarto tem cheiro de mofo, rachaduras na parede e apenas
uma cadeira sem estofo.
acordo, de súbito. ainda é noite.
madrugada. clarões. temporal.
o mofo está no sonho. e a cadeira também.
as rachaduras permanecem. não apenas no teto, mas naquilo
que escrevo.
não.
sim.
sim.
não.
apenas palavras.
respiro. fecho os olhos. abro-os novamente. não vejo quase
nada. sua imagem em pensamento. dentro do espelho.
bolhas de sabão.
meu celular próximo do travesseiro. quatro e trinta e
cinco da manhã.
levanto-me. acendo um cigarro. abro a janela. o jardim
alagado pelo aguaceiro.
o amor e o mundo, sou eu. somos nós. e o tudo. feito
gotas de chuva.

CENA
5

R. sorri. mexe os óculos frente à câmera. fala sobre teatro, jornalismo, música e poesia. sobre seu profundo amor pela palavra.

tudo o que nela se reproduz é admiravelmente encantador, rico e mágico.

eu te amo.

R. sorri. não necessariamente para mim.

R. diz que é uma jovem velha.

a entrevista acaba.

replay.

CENA
6

desculpe, mas esta história não tem começo nem fim, apenas o meio. o meio de alguma coisa que aqui se funde e se constrói, sentimentos e incertezas quanto à vida e ao mundo – um jardim emoldurado por lacunas.

não gostaria que me entendesse, apenas que sentisse o que, aqui, tento escrever, ora, como quem percebe, sem a menor burocracia das horas, que logo mais vai amanhecer e de novo anoitecer.

a mansa sabedoria do tempo – e o seu silêncio – como a sagacidade de alguns bichos que, por puro instinto, sabem, no interior de sua própria natureza, o enigma imperscrutável da vida.

os bichos sabem. nós que não sabemos.

assim escrevo na esperança de compartilhar esse turbilhão de coisas e coisas, que venho sentindo, e que não são poucas.

não.

escrevo-te para me compreender e, assim, talvez, buscar uma resposta alheia às minhas dúvidas.

ecos

  ecos

    ressoam

      ressoam

        e ressoam

      no fundo

    de alguma coisa

viva,

recito em voz alta.

diatribes, ciceroneá-los, provetas, desalento, adulá-lo, roldão, rotundos, perfilavam e palimpsestos. palavras que resolvi anotar para usá-las em algum momento em minha dissertação de mestrado.

inútil.

vejamos uma maneira de me organizar melhor aqui.

CENA
7

meu nome é Escobar, tenho vinte e sete anos. moro em Botafogo, na Zona Sul do Rio. divido-me entre o prazer do jornalismo literário e o ganha pão da assessoria de imprensa. faço frilas, às vezes, como fotógrafo, e também reviso textos ficcionais e artigos acadêmicos. ganho consideravelmente pouco para quem trabalha muito. para quem dorme depois das duas da manhã e acorda às seis, com grande esforço, para estar no batente às oito. tudo bem que largo às dezessete. e o dormir depois das duas é pelo péssimo hábito das pupilas. sou notívago de carteirinha. quanto ao meu salário... bem, não sou dado a grandes luxos, embora não seria nada mau ganhar uma bela bolada na loteria. pelo menos não me tornaria um escravo do trabalho e poderia me dedicar mais à literatura, o que verdadeiramente amo enquanto ofício.

atualmente, moro sozinho e faço mestrado em teoria literária. leciono nas noites de terça-feira como professor de literatura e redação em um pré-vestibular de um amigo. gosto de estar na sala de aula, de me comunicar com gente jovem e mais jovem ainda do que eu. se bem que no cursinho à noite há alunos de trinta e até de cinquenta anos. alguns já graduados, querendo tentar Medicina. dar aula é uma troca sempre muito prazerosa e interessante. sinto que aprendo mais do que ensino.

CENA 8

há sempre relatos de professores que acabam se relacionando de forma um pouco mais íntima com alguns de seus alunos.

confesso que eu mesmo tive um pequeno caso com uma aluna do cursinho há um pouco mais de um ano. ela tinha dezessete anos. estava no terceiro colegial. queria fazer Odontologia. chamava-se Luíza. morena queimada de praia, olhos castanhos amendoados, moradora do Cantagalo e tinha namorado.

quando percebi que ela estava se apaixonando por mim, tive que dizer que não era correto o que estávamos fazendo. enquanto diversão para os dois, tudo okay, mas sentimento definitivamente era outra parada. havia a Lóris também na história, minha noiva na época. Luíza me mandou à merda.

ela quase não me olhava mais na cara. depois, passou a não frequentar as minhas aulas. parece que tomou implicância com minha pessoa.

quando a encontrei, pela última vez, caminhando sozinha pelo corredor do cursinho, perguntei:

está indo aonde?

não é da sua conta.

a senhorita tem aula agora.

tenho coisa melhor para fazer, idiota.

mais respeito, mocinha. sou seu professor ainda.

grande merda de professor.

está agindo feito uma criança.

talvez igualzinha a ti.

você sabe que não podemos discutir aqui.

deve morrer de medo que todo mundo saiba, não é mesmo?

eu só quero que você passe no maldito vestibular. eu entendo as suas razões, mas vamos separar as coisas.

fique tranquilo, professor, que da minha vida cuido eu.

Luíza... por favor, volte aqui.

ela continuou caminhando e ignorando o meu chamado.

CENA
9

quando toquei pela primeira vez em seus lábios, senti uma sensação muito boa e, ao mesmo tempo, estranhíssima. tratava-se de minha aluna, me entende? e estávamos ali, nós dois, descompostos em minha casa. e apesar dos dezessete, ela se comportava na cama como uma mulher de verdade. sabia fazer as coisas sem o menor pudor. tinha um cheiro delicioso e adocicado. e, por um momento, confesso, eu também me vi apaixonado por aquela morena. minhas mãos tocando os seus pequenos seios, minha língua enamorando a sua língua e descobrindo as suas curvas e coxas e os seus pequenos orifícios. uma flor arroxeada no meio.

o sexo é como uma explosão cósmica dos sentidos. uma inclinação pra lá de metafísica. a vida, por um momento, à deriva, em sensações ondeantes, eletromagnéticas, logo inclinando-se a outras formas geométricas.

variação e vórtice, ouvi o professor de Física dizer em sua aula, enquanto passava próximo à porta.

Mariano, o diretor do preparatório, me chamou em sua sala.

CENA
10

está tudo bem, professor?

tudo em ordem, Mariano.

não quer me contar nada?

eu? bem, não que eu saiba.

tu sabes o quanto te considero, sim? vou te dar um conselho, meu nobre. evite contato com as alunas deste curso.

o que está dizendo, Mariano?

sobre o caro e a aluna Luíza Machado, respondeu-me de imediato, sem rodeios. essas coisas, às vezes, podem nos gerar problemas. eu não sou um exemplo no assunto, porque já me envolvi com algumas alunas em meus quase vinte anos de magistério. mas acontece que, no meio de tudo isso, eu quase me meti numa tremenda furada, a ponto de ver a minha carreira ruir, e não tem tanto tempo isso, você sabe disso.

sim, mas...

eu sei que elas são lindas e provocantes, mas nós somos professores, autoridades em sala de aula. ainda que as coisas aconteçam da porta para fora, quando se trata de aluno, a merda depois sempre respinga com força no meio da nossa cara.

eu não imaginava que isso pudesse acontecer, te juro. as coisas simplesmente aconteceram.

eu sei, é sempre assim. as coisas simplesmente acontecem, porque somos humanos. homens e mulheres. foi uma coisa irracional e sem sentimento. quer dizer, era para ter sido. quando eu caí em mim, resolvi pôr um freio, até porque eu tenho a Lóris... essas situações acontecem todos os dias, acredite. eu não sou o ditador da moral e dos bons costumes, mas depois do trauma que sofri, a gente fica calejado. e eu não posso afundar o meu curso com esse tipo de coisa. eu amo isso aqui.

eu te peço desculpas, Mariano. foi uma falha minha, reconheço. um deslize que não vai se repetir. nós não estamos mais juntos.

eu te agradeço, meu nobre. tu sabes como são as coisas. você ainda é bastante jovem nesse meio. olha, e no fundo não vale a pena. eu te falo como amigo mesmo e veterano. mas a sua questão é até pequena perto de outra que estou vivendo aqui no curso, disse Mariano. sabe o Gonçalves?

o professor de Matemática?

esse mesmo. está enrabichado com uma aluna da manhã, a Vitória Nunes. chuta quanto anos a menina tem?

não sei.

quinze.

mas se eu não me engano o Gonçalves não é casado, pai de família e... evangélico?

exatamente! olha que coisa mais linda, mais cheia de graça, cantarolou o coordenador em tom irônico. aí me chama para ir na porra da igreja dele e faz uma cagada dessa dentro do meu curso!

já conversou com o professor?

29

claro, e me disse que iria parar, mas soube ontem que continua saindo com a garota. tem costume de levá-la para um motel a duas quadras daqui.

puta merda!

sabe por que eu não o demito? porque o Gonçalves é um puta de um professor. o camarada é foda, com PH. aquele mestre que cativa as multidões. que sabe fazer o show acontecer em sala. tem muita lábia. fez curso de oratória, artes cênicas, psicologia e o escambau, até porque ele pastora também.

complicado, Mariano. eu fiquei surpreso agora.

é, meu nobre. não é mole. por isso que eu não quero que tu caias em tentação e seja mais um a se meter nessas furadas da vida. a Luíza ao menos tem dezessete. não pega tão mal assim, porém ainda é uma menor e é nossa aluna. o pai dela é policial.

isso jamais voltará a se repetir.

não diga isso. o diabo é inescrupuloso, e muitas vezes vem em formato de querubins, parafraseando o nosso pastor do curso.

mas, veja, como soube de mim? eu achei que...

eu sempre sei de tudo o que se passa nesse curso, meu caro, respondeu Mariano, levantando-se da cadeira para pegar um copo de café na mesinha ao lado. ano passado nós tivemos uma professora que fazia encontros sexuais, com alguns alunos daqui, em sua casa. ah, e com alunas também. não é uma maravilha? ela foi desligada desta instituição, evidentemente. mas, veja, eu só não perdoo uma coisa, o fato de nunca ter encontrado uma professora dessas nos meus tempos de Ensino Médio. se bem que, na época, eu não passava de um gordo esquisito e complexado. hoje, já sou um gordo metido à besta.

CENA 11

faz dez meses que terminei com Lóris. tínhamos planos distintos para as nossas vidas. o jeito mesmo foi cada um seguir o seu caminho. ela voltou para São Paulo e eu continuei aqui no Rio.

Lóris foi uma boa namorada. a gente se dava bem em quase tudo, mas, com o tempo, nosso diálogo começou a ficar um pouco distante, meio difícil.

ela trabalhava bastante. era designer e arquiteta. parecia incomodada em morar no Rio. queria voltar para sampa. estava pensando em abrir um estúdio de arquitetura com uma amiga. achava que eu tinha que adotar uma postura mais capitalista. reclamava de minhas roupas. filha de um liberal norte-americano com uma austríaca. os pais moravam no Brasil há mais de vinte anos. pouco conheci a sua família. dois jantares, quando eles vieram visitar a filha no Rio; e um no bairro Jardins, onde eles residiam. era um casal frio, mas até que interessante. não criaram caso por eu ser sarará crioulo e filho de um casal de mulheres.

durante os nossos dois anos de relacionamento, viajamos a Buenos Aires, Nova York, Londres, Dublin, Paris e, por último, Amsterdã. todas as nossas viagens foram verdadeiramente incríveis, mas nessa última, em específico, fizemos coisas bastantes inusitadas, como: transar em uma cabine erótica e assistir a uma sessão ao vivo de sadomasoquismo, na Casa Rosso, em Red Light District.

a dominatrix fazia coisas estapafúrdias com o seu escravo. isso sem falar sobre o fato de termos degustado um Space Cake, vulgo bolo de haxixe, no The Bulldog.

Lóris se hospedava, de vez em quando, em meu conjugado, embora dormisse também em seu loft na Barra, por causa do trabalho. porém, um dia, decidimos seguir carreira solo, assim muito naturalmente, como quem nota que uma peça de roupa não mais lhe cabe no corpo. ambos já não cabiam mais naquela relação.

de lá pra cá, as coisas andavam bem. sexo casual. vida de solteiro. sem dar satisfações a ninguém. até eu me apaixonar. sim, até R. aparecer em minha vida e estilhaçar de vez com o meu juízo.

R. e os seus cachos. pernas cruzadas. pele branca, olheiras e algumas pequenas sardas. e o seu lindo e manso sorriso. uma armadilha.

meu analista recomendou-me escrever tudo que viesse à mente.

acho que ando meio deprimido, embora eu me considere um cara relativamente feliz. é porque a vida agora anda meio sem sentido. quero dizer, o sentido da minha vida agora é R.

sim, R., que nem sequer sabe que a amo, e muito menos está próxima de mim. R., que mora em Copacabana. R., que é aquariana e, ainda por cima, escreve versos inspirados em discos de vinil, recortes de jornal, mar e mantra, embora nunca para mim.

CENA
12

assisto a Marilyn cantando *Happy Birthday to you* para o presidente Kennedy, às três e quarenta e cinco da manhã. trata-se de um documentário sobre a vida da estrela. seu canto doce e desafinado me fascina. demonstra sua verdadeira natureza frágil: solitária e extremamente vulnerável no olho do furacão.

o público ali presente na celebração jamais imaginaria que a maior estrela de Hollywood seria encontrada morta em seu quarto, poucos meses depois, após uma ingestão letal de barbitúricos.

nunca mais teríamos um *Happy Birthday to you* como o de Marilyn, exceto através desse registro em preto e branco.

CENA
13

estou com um bocado de dor de dente. vou ao dentista e descubro tratar-se de uma infecção no siso. preciso tomar amoxilina e esperar o dito cujo desinflamar. não terei escapatória. precisarei extraí-lo. e o pior: todos os quatro. em cima e embaixo. mas se há necessidade de extraí-los, por que a existência do siso?

lembro de uma amiga que quase perdeu a vida após a extração de um. o rosto inchou. pós-operatório difícil. apareceram nódulos em seu pescoço. bateria de exames. não se tratava de câncer. quadro de depressão. sentia-se ainda muito esquisita. sensações estranhas. vômitos repentinos. quadro psicossomático. agonia no peito. agorafobia. diarreia intensa, às vezes, com presença de sangue. tremedeira excessiva. perdeu mais de quinze quilos. exame de HIV. não reagente. foi em um centro de mesa. e também em um terreiro de Umbanda. tratamento com acupuntura. uso de ansiolítico. antidepressivo. maconha medicinal. terapia ocupacional. aos poucos, foi voltando a ter uma vida normal. ganhou sete quilos.

hoje, ela sorri. publicou um livro de poesia bem bonito: *a vida é um moinho*, parafraseando os versos de Cartola.

já eu extraí os quatro sisos. não tive complicação posterior. nem senti dor durante a pequena cirurgia. por um momento, achei que não fosse aguentar. que bobagem. um pequeno inchaço à altura da mandíbula. um gosto podre de sangue na boca, porém nada mais.

CENA 14

L.S.D. e outras ilicitudes do amor. embora nenhuma chegue aos pés do que eu sinto por R. logo eu que sempre fui contra os amores platônicos.

sempre julguei uma tolice amar sem ser correspondido. criticava alguns amigos pelos excessos de platonismo. e agora eu, aqui, a protagonizar esta cena.

veja bem: sofrer por alguém que não sabemos se é capaz de oferecer uma migalha de reciprocidade que seja, é complicado. mas hoje entendo que o amor é bem isso: um ato gratuito.

não se espera nada do outro. a graça é o próprio ato. ou seja, o amor. graça que vem de gratuidade. e se somos correspondidos: bingo!

mas se não somos? morro de amor?

Clarice Lispector amara Lúcio Cardoso, mas fora impossibilitada de viver uma grande história de amor, que não fosse de pura amizade entre os dois.

dizem que Lúcio foi um dos homens que Clarice verdadeiramente amou. eu torceria pela união dos dois. mas a impossibilidade nevrálgica do desejo.

ela achou que poderia "curá-lo".

crônica da casa assassinada.

CENA
15

transcrevo nossa entrevista marcada naquele pequeno café, no Flamengo, e constato estar profundamente ligado a ti. preso como numa teia de aranha. minha musa encantadora e devassa, com a sua cabeleira cacheada de anjo.

por que vivo pensando em ti? e me é assustadora a constatação. nenhum olhar me chama mais a atenção. de Botafogo a Laranjeiras. do Cosme Velho ao Jardim Botânico. da Lagoa ao Leblon.

tenho medo de mergulhar na loucura da depressão e seguir o conselho colérico de Plath.

existe uma forma menos dolorosa de sofrer?, pergunto a...

entregue-se ao verso, responde Byron.

ao verso, confirma Baudelaire.

ao amor, evoca Lorca.

ao amor, repete Espanca.

mas não se desespere!, exclama Quintana.

apenas ame!, confirma Drummond.

ame, reitera Camões.

me ame, sussurra Sofia enquanto retira o sutiã.

CENA
16

que encantadora arte esta: a da contradição. pensamos uma coisa e fazemos outra. não desejamos a guerra, mas a fazemos. não queremos amar, mas amamos. preferimos a calma, mas nos rebelamos. não toleramos a mentira, mas o tempo todo fabulamos. e quando precisamos gritar, não sei por que silenciamos.

de todos os animais existentes no planeta, sem dúvida, a nossa espécie é a mais contraditória e, paradoxalmente, desumana.

CENA 17

a nulidade do absurdo convoca à face o que eu nunca deveria te dizer.

tudo é abstração, mistério e indulgência. a voz interior comanda-me a inequívoca pulsão de comunicar – o quê?

nem mesmo entre os arbustos encontro a ossatura de um crânio para verificar a dignidade do corpo humano. mas, ao relembrar os seios de Sofia, sinto que é possível amar novamente um amor que se pauta apenas pela distração e pelo desejo, não tanto pela alma.

e o que seria de nós sem a compostura daquele ardente beijo?

olhar as estrelas do céu, admirá-las e... atreve-se a dizer?

Bruno ama a um homem e não a uma mulher. isso não o constrange. nem deveria constrangê-lo.

ele chora porque este homem não pode amar outro homem. não da forma como gostaria.

mas há tantos outros no mundo, digo.

não igual a ele, Bruno responde.
eu o entendo.
entende?
sim.
você também ama?
amo.
quem?
um jardim inteiro.

CENA
18

conheci o Bruno há quase um ano numa social na casa de uma amiga.

parecia-me um pouco distante e cabisbaixo, com uma long neck em uma das mãos, sentado no canto da escada. era quase a figura do James Dean, com aquele mesmo cabelo loiro em estilo topete, olheiras abaixo dos olhos e jaqueta vermelha.

resolvi então ir até ele.

tudo bem, cara?

não.

deu pra perceber.

ele continuou em silêncio, ensimesmado, tomando a sua cerveja.

gostaria de conversar?

não, obrigado.

você me parece ser uma pessoa bastante agradável, disse-lhe em tom irônico. posso acompanhar o seu silêncio?

você é viado?

viado? só por que vim puxar um papo contigo?

desculpe, cara. eu não estou bem. nem sei por que vim aqui.

veio para se entreter, ver gente, ouvir música e beber a sua cerveja.

a vida é uma merda.

concordo completamente, embora só de vez em quando. sou meio bipolar.

eu sou viado, cara. está entendendo?

está tudo bem. eu não tenho grilo com isso. tenho vários amigos gays, sim?

tudo isso é uma grande merda.

o quê?

ser gay.

por quê?

como por quê? vocês héteros são privilegiados.

não vejo tanto grilo em ser gay, embora ainda haja gente careta. veja, não é uma coisa de outro mundo. não é melhor ou pior do que ser hétero. isso tem a ver com a natureza de cada um. acredito que a sexualidade seja um lance puramente instintivo. uma percepção que cada um vai tendo sobre si. você sabia que eu até acho bonito dois homens...

não seja patético.

por que patético? cara, fui criado por um casal de mulheres. e me orgulho muito disso, sabia? meu pai me abandonou antes de eu nascer.

bacana que tenha sido criado por um casal de mulheres, respondeu Bruno. eu tenho vontade de ser pai um dia. gosto de criança. me vejo sendo pai. mas eu fico pensando como seria para o meu filho...

ter um pai gay? normal. eu nunca indaguei o fato de ter tido duas mães.

penso no que o meu filho poderia sofrer na escola, por exemplo.

eu passei por algumas questões na infância, não vou mentir para ti, justamente por ter duas mães, porém nada que me colocasse em maus lençóis. dona Zélia e dona Charlote sempre souberam conduzir muito bem a situação. o amor e o respeito das duas sempre foram uma grande referência para mim.

mas a sociedade é muito cruel, você sabe.

sim, eu sei.

tem gente que não sabe sobre mim. a minha família, por exemplo.

nunca pensou em contar?

sim, mas é difícil. família conservadora. no fundo, eu creio que meus pais saibam, mas não admitem.

entendo.

às vezes, eu saio com mulheres.

sério?

sim.

então você não é gay.

não sei. eu não sinto nojo, mas também não consigo sentir nada por elas, sabe? faço isso mais para a família não encher o saco. às vezes, eu pago pelo serviço. é uma maneira de deixar as coisas claras. não é legal para mim, eu sei, mas pelo menos não há envolvimento real e eu acabo não enganando ninguém como já aconteceu algumas vezes.

entendo.

está vendo como a minha vida é uma merda?

já teve algum namorado?

eu gosto de um cara.

isso é ótimo.

isso é péssimo. ele é o meu amigo do trabalho e hétero. mas é um doce comigo. até beija o meu rosto. diz que sou um anjo.

olha aí...

olha aí o quê? ele pensa que sou hétero. o cara me conta sobre seus lances com outras mulheres. a gente almoça junto quase todo dia. diz que sou o irmão que ele nunca teve.

complicado isso.

complicado é apelido.

não haveria a menor possibilidade de você se abrir?

com ele? você é doido? ele me quebraria a cara ou, no mínimo, deixaria de falar comigo.

mas se ele é seu amigo de verdade, não deveria ter grilo, ao menos de saber sobre a sua sexualidade.

jamais teria coragem. gosto dele. não sinto apenas amizade. é maior do que eu. não gostaria de sentir essa merda.

por isso está assim?

sim. fora que ele está saindo com uma colega nossa de trabalho.

o amor, às vezes, nos prega umas peças.

eu nem sei por que estou te contando tudo isso. devo estar bêbado.

eu fico feliz que esteja se abrindo para mim.

desculpe por qualquer coisa que eu tenha lhe dito. não costumo beber sempre. e quando bebo, acabo falando as coisas sem pensar. por isso, costumo ficar na minha.

imagina. às vezes, é bom se abrir, colocar pra fora.

você é bi?

não. por quê?

por nada.

há quem pense que sim, mas não sou, não.

você tem uma coisa de diferente.

é, já me falaram isso. uma coisa meio gay.

não é isso.

mas quer saber de uma coisa? nem ligo muito para isso. eu já beijei outro homem na boca.

sério?

sim, apenas por curiosidade.

e gostou?

foi legal, mas nunca passou disso. nem tenho vontade.

por quê?

gosto mais do corpo feminino.

como você se chama?

Escobar.

prazer, Escobar. eu me chamo Bruno.

prazer, Bruno.

ei.

diga.
esquece.
deixe de bobeira, fale, rapaz.
posso te pedir uma coisa?
sim.
deixa pra lá.
diga, cara.
é bobagem.
gosto de bobagens.
eu estou um pouco bêbado. não ligue.
então não vai falar?
posso te dar um beijo?
como?
um beijo.
como seria esse beijo?
o que você acha?
não, rapaz. você está doido?
me acha feio?
não, você é um cara bonito. bem bonito, inclusive.
então?
eu não sou gay, Bruno. você está confundindo as coisas.
mas já beijou outro homem. por que não pode me beijar?
aqui na frente de todo mundo?
no banheiro. topa?

isto não é um cachimbo

busco nas palavras uma espécie de singularidade e expurgação, de uma
verdade íntima que não se extrai facilmente no diálogo automático da
garganta para a boca, mas na ação de um pensamento mudo, escondido,
que tem medo de ser uma ação.

é natural percebê-la, senti-la.

ela quer e ousa ser. ela quer e prefere ser a não ser e apenas viver como um
parasita instalado dentro de um organismo vivo.

sim, ela deseja uma verdade sem cruzamento. uma verdade nua que,
dane-se, se causar constrangimento. uma verdade que nunca ousa falar
com a voz da garganta, porque na linguagem dos signos, ela é dura,
solitária e um tanto, para não dizer demasiado, tristonha.

minha natureza se rebela e quer ser exatamente um elemento oxítono,
verdadeiro como a molécula de água, de fato, é. água pura, cristalina,
saindo da fonte. branca feito espuma. água corrente saindo da torneira.

queria ser uma coisa sem a interrupção do cruzamento. o cruzamento com
outras linhas de comunicação.

verdade que as semelhanças ridicularizam a cena completa do discurso,
porque se faz necessário o conflito dentro do qual o peso é incomensurável
diante da diferença. o choque do drama. o dilema. o apelo se faz
necessário. a crise nos condena. e, de fato, nos é a contração do músculo,
a substância.

as semelhanças são cruzamentos que se encantam entre si, como as
três Marias, ali, imponentes, durante o céu à noite. entretanto, falo das
linhas que se entrecruzam com os poros de nossa pele, cobrindo a nossa
existência, que é pura energia, alma, ossos e órgãos. e, é claro, sangue!

nascemos de um jeito e vamos crescendo de outro, transformando-se numa
coisa que nem ouso dizer o quê, porque está sempre se movimentando e
nunca sabendo ser o quê.

presumo que a definição é a derrota de nossa existência. a finitude de
um destino. ser isto ou aquilo é o dissecar de uma prole. a fabricação
simbólica de um epitáfio.

é bem verdade que se não houvesse o cruzamento talvez fôssemos quase um vegetal. todavia, tal natureza muitas vezes é mais intensa e sincera e real do que o próprio movimento de nossos atos voluntários.

é impossível não vestirmos a máscara. somos hipócritas demais para admitirmos, com inteireza e coragem, o quão miseráveis nós somos. o quão discrepantes nós somos. mesmo tentando não sermos, filhos da puta nós somos.

eu sei que devo estar falando confuso. meio desconexo. mas não é de propósito nem de maldade a introspecção latente em meu discurso. é porque entre a sinceridade e o improviso mora uma solidão que machuca, que, de tão só e profunda, é de uma natureza estranhamente complexa e bruta.

percebe que na vida não há tanto uma sucessão de ordem, porém uma confusão absoluta de sentido?

decerto, nos deixamos permitir a total segregação, que nos injeta dentro de um sistema, fazendo criar inexoravelmente uma certa zona de conforto, e que ao mesmo tempo é de uma irracionalidade constante.

você não é. você é aquilo que te mandam ser, que te exigem ser. um cão adestrado.

sim, nos deixamos adestrar como uma espécie não evoluída de consciência. voluntariamente ou involuntariamente, eu me deixo adestrar para que esta existência, com poções de humanidade, se encaixe em algum sistema ou juízo de consciência.

sei que enquanto escrevo somos nós e o tempo. um presente, passado, futuro, constante.

não consigo parar o fluxo. e não sei para qual caminho seguir.

apenas sigo, sem olhar para as cores do semáforo — se é vermelho ou verde, pouco importa. os veículos circulam sobre a rua, e eu a circular entre eles.

palavras e palavras - reunião de frases e sintagmas - me enchem de humanização.

então é este o sistema? a palavra? a linguagem? o verbo?

emudeço.

desumanização.

49

CENA
1

contou-me que gostava dessas coisas de comida vegana, mas que, de vez em quando, não resistia a um belo bife mal passado, e com fritas, enquanto preparava um prato colorido para saborearmos.

virou modismo essa coisa de ser vegano.

saúde, meu caro! fora que a culinária vegana é bárbara!

invejo pessoas que mudam repentinamente seus hábitos alimentares. eu sou meio preguiçoso para isso.

mas sabe que me fez tão bem?

imagino que sim. eu gostaria de parar de fumar.

e por que não para?

não consigo. maldita ansiedade.

o mal do século. admito que também sou um bocado ansiosa. é uma grande merda. veja, a duas semanas falarei em público num congresso importantíssimo, e já estou ficando louca.

você vai mandar super bem.

não sei, não.

como não? você é professora universitária, está o tempo todo interagindo com o público.

mas em uma conferência como essa é diferente. vão estar pessoas importantíssimas. tenho medo de esquecer as coisas na hora, atropelar as palavras e ficar toda atrapalhada. estou me sentindo um pouco pressionada por mim mesma. sempre tenho medo de deixar a desejar.

relaxa, Pati. vai dar tudo certo. Lembra de quando me ligou daquela vez dizendo que não conseguiria apresentar a dissertação de mestrado?

lembro. o Rivotril me salvou. aliás, ele sempre me salva. achei que a nossa conversa tivesse te ajudado.

é claro que me ajudou. você é sempre um gentleman comigo. é porque o comprimidinho me relaxa.

falando nele, tem algum que você possa...

sim, tenho muitos até. posso te dar uma cartela.

o mundo faz a gente enlouquecer. a vida sempre anda nos cobrando tantas coisas. nos reservando surpresas. eu tento viver um dia de cada vez, sabe? às vezes, sinto que... já parou para se perguntar por que estamos aqui?

aqui em casa?

não, falo nessa vida.

para sermos felizes.

será? penso que não seja apenas por isso.

eu não faço a menor ideia, mas a nossa comida já está quase pronta.

e essa janela aberta?

o que tem?

tenho a impressão de que alguém do lado de fora nos observa.

quem?

é brincadeira.

CENA 2

R. está sentada à mesa do pub, com os olhos para baixo. os braços sobre a mesa. blusa florida. cabelos lindos em caracóis desembaraçados. o rosto virado para o lado, esteticamente posicionada para os cliques da câmera.

uma, duas, três.

mais uma para constar.

e outra e outra.

pronto.

registros fotográficos que, agora, emolduro na escrivaninha do meu quarto.

CENA
3

imbuído na total complexidade dos textos de teoria literária,
uma dor de cabeça repugna a minha mente. uma pergunta se
desloca do meu corpo, fazendo-se atônita e presente:

não entender é um possível entendimento?

talvez sim, responde Sofia.

pois a sensação de entender quase tudo quase sempre
me remete à mesma de não ter entendido nada, nada.
vice-versa, compreende?

acho que sim.

a teoria, por vezes, cansa, torna-se amorfa, enfadonha. mas sei
que é necessária.

vejamos: leio Lukács, intercalo com Bakhtin,
Blanchot e Foucault.

às vezes, acho demasiado enfadonho viver. mas a gente
persiste, assim como quem ler uma tese engessada,
difícil, penso.

e porque no fundo viver também é sempre uma descoberta.
morre-se muitas vezes e se nasce na mesma medida,
lembro-me de R. dizer durante a nossa entrevista.

CENA
4

penso: meu corpo é a extensão do que em mim apenas já sou.

descubro que sou muito além da própria percepção do outro sobre mim e mesmo não sendo visto, eu já existo em grande quantidade concentrada em pura essência cósmica e densa de sentidos dúbios e encapsulados. é como se essa extensão fosse parte daquilo que me sintetizo. embora não exatamente o que se é, com vigor e glória, pleno completamente não (apenas se fosse dentro). talvez, eu esteja falando dos estágios da alma, do espírito. é porque na tentativa de me expressar que, aos poucos, me descubro. e na beleza autônoma da descoberta, caio no abismo frustrante que me perscruto, durante a fomentação do ato de organizar as palavras sobre o papel, criando um certo tipo de discurso.

o que está a dizer, hein, Escobar?, pergunta Camila enquanto me beija à altura da barriga.

não importa, meu amor.

constato: meu corpo é a extensão do que em mim apenas já sou.

CENA 5

por que exatamente o medo?, pergunta o doutor.
insegurança de não ser correspondido.
mas em tudo na vida há um risco. existe o sim e o não.
sei que posso estar parecendo um adolescente. às vezes, é como eu me sinto.
todos nós em algum momento acabamos escravos da insegurança, Escobar. mas temos que saber lidar com isso. é importante.
sinto que ainda não é o momento.
e qual seria o momento?
eu não sei, doutor. quando eu encontrar a coragem.
a coragem está aí dentro.
não tenho tanta certeza. sinto-me um fracassado, doutor.
acalme-se.
eu não sei o que fazer.
continue escrevendo.

CENA
6

às vezes, me parece uma doença essa espécie de repetição do movimento pensar. sinto ódio. invento desprezo. ocupo-me com outras coisas. mas, em todas essas coisas, novamente, R. me aparece admirável, soberana, naturalmente bela, mágica, sorrindo. os cabelos cacheados tão bonitos e castanhos. a mansa e requintada calma em seus movimentos, seja conversando comigo ou com uma amiga. bebendo uma xícara de café ou de chá ou lendo um livro. fazendo anotações no papel, meditando sob as pedras ou fumando um cigarro na janela, olhando para o céu ou simplesmente olhando para o nada.

o que escreve, Escobar?, pergunta Sofia.

nada demais. rascunhando alguma coisa que eu não sei bem ainda o que é.

e o seu romance?

uma hora sai.

acho tão bonito quem escreve.

mais complicado do que bonito.

imagino que não seja fácil, por isso admiro vocês que escrevem. eu gostaria de ter esse dom da escrita. criar histórias e personagens que vivem tanto quanto a gente.

a senhorita poderia fazer uma dessas oficinas de escrita criativa.

mas será que essas oficinas funcionam mesmo?

olha, acredito que você possa descobrir muitas coisas em uma. mais do que dom, a escrita é um querer. e se você tem essa vontade...

gosto de ti porque sempre me estimula.

para alguma coisa eu devo servir.

e serve para muitas outras.

que bom.

eu estou lendo aquele livro que você me indicou da Katherine Mansfield.

o que está achando?

estou amando. mas a gente precisa conversar sobre aquele conto que tem o título em francês. acho que não compreendi algumas coisas.

CENA
7

pensei em Debussy ao sonorizar a primeira adaptação cinematográfica de *Alice in wonderland*, dirigida por Cecil M. Hepworth e Percy Stow, de 1903.

troquei o vinho por mate gelado.

Nassar seria um belo entrevistado.

CENA 8

André disse que pararia de escrever após sair uma crítica negativa de seu livro em um veículo impresso de grande circulação do país.
então é assim? você escreve para agradar a uma crítica?
e escrevemos para quem então, se não temos leitores nesse país?
pergunte a você mesmo.
acabou, Escobar! minha carreira está arruinada!
sabe por que você está assim? porque é um puta de um egocêntrico!
vai, me humilha mais! meu livro já está na sarjeta mesmo!
para de palhaçada, cara! seu livro é ótimo.
ótimo, não é brilhante. e você é meu amigo, não conta.
e nem por isso conivente caso achasse o seu material uma droga. você escreveu um romance. quanta gente tem vontade de escrever um e não consegue? eu, por exemplo. encare os fatos. a literatura é assim mesmo. uns vão gostar e outros não. sabe aquela história da unanimidade? essa crítica não pode engolir o seu trabalho.

mas engoliu. e eu não tenho a menor condição de continuar escrevendo para tomar pedrada dos outros. ninguém sabe o quanto me doeu para colocar esse livro no papel. todo mundo que escreve sabe que o nosso trabalho é difícil. eu sei que, no fundo, todo artista quer ser amado por todo mundo. mas é impossível, cara. sabe o que um professor meu me disse? que Machado funciona melhor na narrativa breve do que no romance. e estamos falando de Machado, cara! de duas, uma: ou você encare os fatos e siga em frente no que realmente acredita, que no caso é a sua literatura, ou desista do ofício. porque ficar nessa de ter que agradar à crítica não vai te levar a nada.

CENA
9

é possível amar muitas vezes, doutor? digo, em várias histórias simultâneas sendo você único e ao mesmo tempo múltiplo, de forma concomitante? é porque eu e um amigo tivemos um papo meio maluco um dia desses, e aí comecei a ler umas coisas. Nietzsche, por exemplo, fala sobre o eterno retorno. se colocarmos essa teoria dentro do contexto dos múltiplos eus, podemos pensar que a história sempre se repete. e faz sentido, de certa forma. assim como as relações humanas, os encontros. é como se eu estivesse vivendo uma história que já vivi em outro momento, e que viverei amanhã possivelmente no corpo de outro. eu sei que pode parecer doido. mas, às vezes, eu sinto que somos múltiplos. e que há um outro eu por aí vivendo, o que ainda possivelmente irei viver ou já vivi ou simplesmente esperando nascer de um belo útero, para que a história se renasça e desenvolva e transborde suas raízes no papel. mas mesmo que se repita, nunca é a mesma coisa. nunca.

veja bem o mistério: podemos ter uma conexão louca com a natureza a nossa volta. sei que somos parte dela, mas existe uma presença transcendental, quase sempre inominável, no plano terreno das palavras. e o que dizer sobre o que nos resta nessa eloquência profunda e quase sinestésica que encontramos dentro do próprio silêncio? e sobre essa fome e ousadia que temos tão próximas a de certos bichos? e mesmo, pergunto-me, quando se sente um transcender por uma pessoa próxima ou não de nossa rotina, abrochando-se na alma uma espécie de botão de rosa branca, com apenas um olhar, com apenas um sorriso? um movimento congelado numa fotografia: a raiz de um sentimento contido.

eu acho que não estou conseguindo ser muito claro, doutor. talvez eu esteja ficando maluco.

veja: Bruno se masturba enquanto olha para a fotografia do rapaz que lhe tira o juízo. mas quando goza, em seguida, sente nojo de tudo e começa a chorar. Bruno tinha tudo para ser um homem feliz: é bonito, jovem, inteligente, fala três idiomas e tem um ótimo emprego em uma grande multinacional do Rio. no entanto, é infeliz. a paixão tem-no deixado cada vez mais deprimido. o constrangimento que tudo isso lhe causa.

e quanto a mim?

R. é como um labirinto sem fim. esgarça todos os meus cômodos. trafega em todos os lugares em que caminho como uma espécie de espectro.

bem, eu tive um sonho louco uma noite dessas. eu não entendi muito bem o sonho. não sei como explicar...

é quase sempre difícil explicar certos sonhos que ando tendo.

boa parte dos nossos sonhos é sempre difícil de entender ou explicar, por isso são sonhos, diz o doutor.

eu também não compreendo muitas vezes o real.

o que é o real para ti?

o real para mim? talvez o agora.

e se eu te dissesse que nada disso existe, que é a força do seu pensamento, do seu instinto de criação?

não, eu sei que isso aqui é real.

vai depender do seu ponto de vista.

CENA
10

meia hora de atraso, mas consigo chegar à mesa sobre correspondência e ficção na obra de Ana Cristina Cesar. R. é a mediadora do evento. enquanto o bate-papo acontece, me vejo, por alguns instantes, com os olhos compenetrados nela.

R. sorri, mexe nos cabelos, limpa as lentes dos óculos, coloca-os novamente sobre o rosto, olha para a plateia, volta-se para o convidado, que conta sobre a sua relação com a poeta homenageada. ela dá uma risada com alguma coisa que ali é dita, passa os dedos sobre o cordãozinho de ouro no pescoço, recosta o queixo sobre a mão, mira novamente os seus olhos para a plateia. desta vez, em minha direção. sorrio. ela repete o mesmo gesto.

término da mesa. palmas. a plateia, pouco a pouco, se dispersa. sigo em direção a R. faço um sinal para que ela me veja. R. me nota e vem em minha direção. ambos se abraçam. o calor dos nossos corpos se tocando.

ótima mesa. parabéns!

gostou?

muito.

fico feliz.

eu lhe trouxe uma coisa.

entrego o presente.

para mim? obrigada, querido. posso abrir?, R. pergunta.

claro, é seu, respondo-lhe.

R. desata o embrulho, deparando-se com o livro da Sophia de Mello Breyner Andresen.

ah, que máximo! eu amo essa poeta.

lembrei de você tê-la citado em nossa entrevista.

estava mesmo pensando em comprar este livro. obrigada, Escobar.

de nada.

me conte, como você está?

bem.

veio sozinho?

não, vim com um casal de... bem, eles estavam aqui ainda há pouco.

quem?

um casal de amigos. creio que tenham ido para o lado de fora. mas e você? muita correria?

um pouco. tenho o mestrado, as aulas no Pedro II e os compromissos na editora.

uma vida bem corrida.

eu sou um pouco workaholic. preciso estar em movimento. comecei a traduzir uns poemas da Gertrude Stein.

que ótimo. pretende publicar em livro?

até que penso, mas, por ora, tenho traduzido mais por prazer mesmo, até porque é a primeira vez que resolvo traduzir poesia.

acho difícil traduzir qualquer coisa de outra língua, sobretudo poesia. já tentei algumas vezes, mas não é a minha. sempre me esbarro com a musicalidade, o ritmo, quando não a métrica. tinha que fazer escolhas que, muitas vezes, não me agradavam, para que ficasse, no mínimo, legível em nossa língua.

eu tenho feito essas traduções de um modo muito particular, sem colocar qualquer tipo de pressão sobre mim. tem sido um pequeno lazer. mas traduzir é sempre perder o texto em seu original, efetivamente. acho que a maior busca para um tradutor seja pela essência do discurso.

é verdade, confirmo. e o mestrado?

tudo indo. amanhã tenho exame de qualificação.

que ótimo. boa sorte amanhã.

obrigada. e quanto ao seu trabalho de pesquisa?

pretendo começar somente mesmo no próximo semestre.

vai escrever sobre Joyce, não é isso? lembro que me falou alguma coisa a respeito naquele nosso encontro.

isso. falarei sobre a relação entre a escrita de ficção e a autobiografia. no caso, me utilizando da obra *Um retrato do artista quando jovem*.

é um tema interessante, viu? no fundo, sempre acho que os escritores deixam escapar alguma coisa dentro do texto literário, por mais ficcional que ele seja.

também concordo.

parece que o *Ulysses* se passa no mesmo dia em que o autor teve o seu primeiro encontro amoroso com a esposa.

isso mesmo, o tal 16 de junho de 1904, que acabou se tornando o feriado de *Bloomsday*.

eu acho Joyce incrível, mas confesso que eu já tentei ler *Ulysses* três vezes e nunca consegui engrenar na leitura.

talvez não seja o momento.

mas isso me frustra tanto. fico me sentindo um pouco burra quando penso que não estou conseguindo entender determinadas coisas.

eu me senti assim quando li inicialmente Proust, mas fui entendendo aos poucos que a gente não necessariamente precisa apreender tudo que está escrito. acho que, assim como a vida, a gente não consegue absorver tudo que há nas entrelinhas de um texto literário, por isso a gente vai relendo um livro e outro, e ganhando, às vezes, na releitura.

você tem razão. mas eu queria ler Joyce, porque o texto dele me parece bastante interessante e enigmático.

você poderia começar com *Dublinenses*.

sim, eu conheço de nome. se eu não me engano é o de contos.

isso.

eu li *Os mortos* já há algum tempo e gostei bastante. mas vou ler os contos completos e esse romance que está estudando, o tal *Retrato do artista*.

ambos são ótimos. pelo menos, eu gosto.

não tenho dúvida.

penso, neste exato momento, em convidá-la para tomarmos uma cerveja ou comermos uma pizza:

tem companhia depois daqui?

sim, voltarei com uns amigos para casa. por quê?

iria te chamar para a gente comer uma pizza.

podemos deixar para outro dia?

sim, claro.

é porque ainda tenho algumas coisas para fazer em casa e gostaria de dormir cedo. amanhã terei um dia cheio.

eu entendo.

ouço alguém me chamar.

está tudo bem?

oi?

Escobar.

sua voz me parece grave.

meu analista.

está tudo bem, Escobar?

sim, doutor.

CENA
11

encontro Diego na estação de metrô. está atrasado. dezenove e cinquenta e sete da noite. ele me pede desculpas. diz que não foi culpa sua, mas do maldito trânsito. penso que não adiantaria me aporrinhar naquela altura do campeonato. chegaríamos atrasados de qualquer jeito. ele pergunta como estou. digo que atrasado.

tá puto, né?, ele pergunta.

tem cigarro?

ele me passa o maço e o isqueiro.

pergunto se a menina com quem ele está saindo irá ao evento.

ele diz que sim, que nos encontrará no local.

ela me parece bem bonita na foto, digo.

sim, ela é, confirma Diego. e a sua poeta?

ainda não é minha.

e quando você vai falar com ela?

eu não sei. em um momento oportuno.

eu não esperaria tanto.

se fosse em outra ocasião, também não, mas agora é diferente. eu não sei explicar. o que sinto por ela é meio que irracional. soa meio ridículo, sabe? nunca senti nada dessa natureza. às vezes, tenho até medo.

de fato, eu nunca te vi assim por mulher nenhuma, embora sempre tenha te achado um sujeito romântico, diz Diego, acendendo um cigarro.

não quero ser muito invasivo nem me parecer patético ao lado dela. as mulheres não curtem muito isso, eu sei. ela não me parece tão receptiva.

eu se fosse você mandava na lata. é sério, não pode esperar muito. e se nesse meio tempo aparece outro?

preciso saber se tenho alguma chance. ainda não tenho certeza de nada, digo.

ela nunca demonstrou interesse?

não sei te dizer. ela me parece, às vezes, um pouco distante e enigmática.

se ela não te quiser, outras irão, certamente, meu amigo. olha, tenho uma amiga para te apresentar. e acho que você vai gostar.

é mesmo?

sim.

tem foto dela?

calma aí..., disse Diego, tirando o celular do bolso. pronto. veja.

parece bonita mesmo.

e ela te achou interessante também.

ela me conhece?

estive falando de ti para ela. quis ver a sua foto.

e o que ela disse?

que quer conhecê-lo.

como a sua amiga se chama?

Camila.

CENA
12

queria entender o que escrevo. não exatamente a sintaxe, tampouco as engrenagens de minha semântica, mas o que habita dentro do silêncio de cada palavra, de cada respiração. o que se argumenta em cada escombro de mistério deste breve diálogo, com urgência e pouca formalidade.

sei que dentro de mim habita um Deus, e em tudo que nos cerca. sei que a cada dia nos sentimos sós, como se presos numa ilha.

eu não sei explicar. a linguagem me limita. tudo é tão fugaz e cheio de lacunas. corredores e mais corredores.

nasceram begônias dentro de mim. pássaros brancos sobrevoam o céu de minha boca. caramujos azulados afunilam-se sobre os pelos de meu sexo.

cego na escuridão, apenas sinto o corpo arder em febre. o coração cheio de esperança.

CENA
13

olho para um losango, sem esperança alguma de...
linhas curvas, traços leves. solidão de ausências. formas livres.
versos brancos. vertigem de lírios. sublime como as nuvens. os
ponteiros ditando regras. as horas não existem.

e o losango: uma ordem do senso.

estou dando forma à mudez.

tudo é passagem.

CENA
14

o caos de existir é a minha luta diária. é a sobrevivência do cão. ciclos que se evaporam à medida em que o mundo se transforma. ondas que se deslocam e se comprimem entre as espumas flutuantes sobre os rochedos da Barra.

a palavra não basta, é preciso senti-la.

na varanda do terraço, o sol enamorado.

R. acaba de atravessar a esquina.

CENA 15

nunca sentiu curiosidade de conhecer o seu pai?

por que sentiria?

não sei. acho que eu sentiria.

quando eu era menor, eu até tive algum interesse, sabe? por mais que houvesse a figura masculina do meu avô, eu tinha vontade de saber alguma coisa sobre o meu pai. minha mãe dizia que ele estava morto. só que não havia fotos dele. sempre achei muito estranho. na adolescência, lá pelos meus catorze ou quinze anos que fui saber que o desgraçado havia nos largado. aí passei a sentir ódio dele.

ainda sente?

um pouco. mais pelo fato dele ter deixado a minha mãe sozinha grávida.

você sabe o nome dele pelo menos? tem ideia de onde ele esteja?

não, minha mãe nunca mais tocou no assunto, depois que ela me contou a história dos dois.

melhor assim, Escobar. não te falta nada nessa vida.

como não? sempre falta alguma coisa, Bruno. dinheiro, por exemplo, um pouco de sucesso, que não é ruim para ninguém, e...

a sua musa de Copacabana.
sim, ela mesma.
a mim falta um amor.
o Marcos, o seu muso de São Conrado.
sim.
na vida sempre nos falta alguma coisa, não é mesmo? sempre falta alguma coisa.
o que nos provoca uma tremenda angústia.
mas a angústia não é um sentimento próprio da vida?
eu preferia não senti-la.
às vezes, é uma barra pesada.
sempre é.
será que nunca iremos nos sentir verdadeiramente completos, Bruno?
eu não sei. mas é uma boa pergunta.
eu acho que viver é uma pergunta.
uma pergunta sem resposta. porque não há um verdadeiro sentido na vida.
sim, o que começa a me provocar um bocado de angústia.
a mim também.
mas, sabe, Bruno, confesso que esse assunto de pai mexeu um pouco comigo. no fundo, eu gostaria de saber mais sobre ele. ao menos o nome.
por que não conversa com a sua mãe? acha que ela se negaria a dizer?

CENA 16

já não lhe falei tudo sobre esse homem?, disse dona Zélia, enquanto almoçávamos em sua casa.

não falou quase nada, mãe. só disse que ele nos abandonou.

e o que mais você quer saber?

seu nome.

e vai fazer alguma diferença para ti?

sim. eu preciso saber o nome do meu pai, mãe.

precisa? o nome de seu pai é Zélia e Charlote. e ambas estão sentadas aqui à mesa.

mãe, eu não sou mais um garoto. a senhora nunca me contou quase nada sobre esse homem que nos abandonou.

e precisa? saber que fui abandonada grávida de ti já não é o bastante? que merda agora te deu de querer desenterrar esse defunto?

ele é meu pai.

como ousa chamar esse desgraçado de pai?, aumenta o tom dona Zélia.

acalme-se, querida.

como posso ficar calma, Charlote, ouvindo esse menino indagar sobre um homem que nunca se importou com ele? se dependesse desse desgraçado, você sequer tinha nascido!

mãe, eu tenho o direito de saber ao menos o nome dele.

foi para isso que você veio aqui? e nós achando que estava com saudade. preparamos esse almoço com tanto carinho, para ganharmos em troca essa manifestação indecorosa de um filho ingrato.

eu não sou ingrato. assim a senhora me ofende. eu só quero saber mais sobre o meu pai. e isso não muda o fato de eu achar as duas mulheres que estão aqui sentadas as pessoas mais importantes da minha vida. esse homem que deixou a senhora enquanto me esperava na barriga é um puta desgraçado, sim. mas é o meu pai, e não há como mudar isso. e eu como filho da senhora, mãe, acho que tenho o direito de saber ao menos o nome do infeliz.

ele tem razão, Zélia.

Álvaro. Álvaro é o nome desse homem que você chama de pai. está satisfeito agora?

a senhora nunca mais soube dele?

isso é um inquérito agora?

mãe, por favor...

eu não te entendo, filho. eu juro que não te entendo. depois de tanto tempo e você querer desenterrar essa história agora. sinceramente, eu me retiro dessa mesa e peço que eu não seja mais indagada por hoje. com licença.

Zélia... querida, nós estamos num almoço, diz dona Charlote.

minha mãe não facilita as coisas.

que diabo te deu agora para falar sobre esse homem, Escobar?

eu preciso saber da minha história, mãe.

sua história somos nós, querido, a sua família.

eu sei, mas há também um homem que me ignorou.

e vale a pena saber sobre ele agora?

sim, mãe. infelizmente, sim. por favor, me conte.

você sabe o quanto eu te amo, Escobar? ainda que você não tenha saído de mim, verdadeiramente me sinto a sua mãe. e sou a sua mãe.

claro que é, e nunca deixará de ser, digo a dona Charlote, segurando a sua mão. eu também te amo muito. muito. entendo a razão de vocês duas, mas que mal há de eu saber sobre esse homem?

quem precisa te dar essa resposta é a Zélia, porém em outro momento. prometo conversar com a sua mãe.

CENA
17

não consegui tirar muito sobre o meu pai naquele almoço de domingo. ao menos esse ser desconhecido agora tinha um nome. porém, eu queria ir além e saber mais sobre ele. dar à ausência uma forma.

se não soubesse da gravidez, mas aquele homem sabia. ele não me quis. talvez por ser muito jovem na época? será que depois nunca lhe passou pela cabeça a curiosidade de conhecer o filho renegado? como passar uma vida inteira indiferente a esse fato?

poucos dias depois, dona Zélia apareceu em meu apartamento, resolvendo, por fim, me contar toda a história que me negara durante o nosso último encontro.

CENA 18

aquele que se chamava Álvaro, na verdade, não era Álvaro, e sim Alberto. sim, eu menti, ela disse. os dois haviam tido um pequeno romance na faculdade. eram de departamentos diferentes. minha mãe fazia Filosofia, e ele, Educação Física, na UERJ. alguns encontros nos corredores e no bar universitário. um final de semana na Praia de Grumari, para o incidente acontecer. Alberto, na época, com vinte e um anos, conseguiu finalmente passar para o curso de Medicina, na Universidade de Brasília. meu pai era brasiliense e morava há oito anos no Rio. tudo acontecera no mesmo momento. a aprovação e a notícia da gravidez. Álvaro, digo Alberto, achou de primeira que fosse brincadeira de minha mãe, mas logo que caiu em si, pediu que a mesma retirasse a criança. ambos não tinham idade e estrutura ainda para ter um filho. fora que tudo aquilo arruinaria o seu sonho e respectivamente a sua futura carreira como médico. minha mãe renegou a destruição do feto que já ia para o terceiro mês. Alberto renegou dona Zélia e a mim, Escobar, indo de encontro ao seu sonho, sem pensar duas vezes.

até aí tudo bem. eu já tinha consciência de que havia sido ignorado por um rapaz que apenas vomitara seu esperma no útero de uma jovem estudante universitária. eu era o resultado de um erro. o estorvo. uma pedra no meio do caminho de um jovem que precisava ser retirada. eu só não imaginava o que estaria prestes a ouvir.

CENA
19

meu pai reapareceu anos depois para me conhecer.
sim, depois de quinze anos, ele reapareceu lá em casa. queria se desculpar, palavras de minha mãe.
por que a senhora não me contou?
eu jamais permitiria que esse encontro acontecesse. entendo que ele era jovem e tinha a questão do seu sonho e da sua carreira. seu pai era um homem de origem muito simples. tinha suas ambições interiores. desejo de ascensão. mas eu também era jovem, uma menina. eu só tinha dezenove anos. você estava dentro de mim e eu quis te assumir. quis ser a sua mãe, mesmo com todas as inseguranças de uma garota de minha idade. ele poderia morar em Brasília ou em qualquer lugar que quisesse, eu jamais o impediria, mas assumindo ao menos a paternidade. eu gostei, sim, de seu pai, até que muito, mesmo não sendo bem um namoro. eu achava que ele gostasse de mim também. fui tão tola. seu pai me deixou sozinha e ainda teve a coragem de dizer que o filho que eu carregava dentro de mim poderia ser de outro e não dele. Charlote era a minha amiga de turma, na época. ela viu tudo o que passei. fui expulsa de casa por conta da gravidez. seu avô, de início, não aceitou bem a situação. achava que a culpa fosse só minha. eu não tinha para onde ir. Charlote, que morava sozinha na época, foi quem me acolheu naquele momento tão difícil. filho, quando aquele homem apareceu novamente diante de mim, por um momento, eu achei que

estivesse delirando. aquilo só poderia ser uma perturbação de minha mente, um pesadelo, meu Deus. não, não era.

em que momento foi isso?

antes de você voltar daquela sua primeira viagem a Portugal, com os seus padrinhos.

se eu não me engano, foi nesse mesmo ano que a senhora me contou que ele tinha nos abandonado.

sim, eu fiquei muito abalada com o retorno repentino de seu pai. e depois de conversar com Charlote, eu senti que precisava lhe contar ao menos que ele não tinha morrido. e porque eu tinha medo de que ele aparecesse novamente e pudesse te abordar.

nunca mais esteve com ele?

não. ele entendeu que, ainda que fosse o seu pai biológico, não tinha direito a nada. que direito um homem pode ter diante de uma mulher que foi abandonada enquanto carregava dentro do ventre o seu próprio filho? eu supliquei que ele fosse embora para o bem de nossa família. ele deixou um papel com o seu endereço e telefone, caso um dia eu mudasse de ideia.

a senhora ainda tem guardado esse papel?

teria coragem de entrar em contato?

mãe...

por quê? vocês só carregam apenas o mesmo laço sanguíneo. não foi ele quem te educou nem quem te deu carinho e amor durante todos esses anos. esse homem nunca fez nada por ti. tudo isso está me fazendo mal demais, Escobar. a Charlote foi quem me pediu que viesse aqui, mas sei o quanto ela sofre também. sem a Charlote, naquele momento de minha vida, eu não sei o que seria da gente.

eu amo vocês duas. não há por que temer. entendo o seu sofrimento, mãe, de verdade, mas a senhora já parou para pensar no meu? eu nunca consternei o fato de não ter tido um pai, porque a senhora e a minha outra mãe sempre representaram uma família para mim. mas depois que eu soube da verdade, que ele nos abandonou, eu sinto um vazio aqui dentro, sabe? uma sensação muito ruim.

jamais imaginei que um dia chegaríamos a ter essa conversa, exceto quando lhe disse que ele estava vivo. eu não tenho mais o telefone e o endereço de seu pai. rasguei o papel. eu não estou mentindo. rasguei, sim. mas sei que ele mora, ou morava até então, em Brasília. olha, filho, vamos esquecer tudo isso?

como esquecer, mãe? como a senhora pode pedir para eu esquecer? tudo isso faz parte de mim.

CENA
20

depois daquela conversa difícil com dona Zélia, fui atrás do paradeiro de meu pai. com o seu nome e sobrenome, ao menos as coisas poderiam se tornar mais fáceis durante o processo de busca.

confesso que tal desejo me escandalizava por dentro, porque em mim havia um misto de tristeza, revolta e sofrimento, e que ia ao encontro a uma necessidade brutal e impaciente de conhecê-lo. olhá-lo cara a cara, confrontar aquele pai que, de fato, me abandonara. aquele pai que não queria que eu existisse, que não fora homem no momento em que eu mais precisei que fosse, e que, ainda carregando o mesmo laço sanguíneo, nunca tinha sido o meu pai de verdade.

bem, foi mais fácil do que eu imaginava. algumas buscas na internet e pronto, agora o sujeito não tinha apenas um nome e sobrenome como também um rosto. por ironia do destino, eu, o filho, tinha a sua cara. os mesmos olhos, o mesmo formato de nariz e boca. em suma, os mesmos traços. ele tinha a pele mais escura, era mulato. fotos em família e no consultório, publicadas em uma rede social. achei, por um momento, que dando nome e forma à matéria, eu ficaria mais tranquilo, porém não. éramos dois homens, me entende, doutor? dois homens: um pai e um filho.

mais algumas pesquisas e pronto. já tinha informações suficientes que poderiam me levar até ao doutor Alberto Nogueira Gonçales, médico-cirurgião, diretor de um hospital em Brasília, além de membro do Conselho Federal de Medicina e professor universitário.

peguei folga no trabalho. e juntando com o final de semana, ao todo teria cinco dias livres. o suficiente para ir ao bairro de Asa Sul, onde o meu pai residia. comprei a passagem aérea e decolei ao Distrito Federal.

asas

intervalo ao som de:

Não identificado, Gal Costa

seguido de:

Menino bonito, Rita Lee

Coisa mais linda, Caetano Veloso

Paixão, Cazuza

Metade, Adriana Calcanhotto

O velho e o moço, Los Hermanos

Açúcar ou adoçante, Cícero

e mais:

Summertime, Janis Joplin

Like someone in love, Chet Baker

Creep, Radiohead

CENA
1

eu poderia adiar este momento do relato, mas ele é muito importante para mim. sem dúvida, um dos momentos mais importantes de minha vida. encontraria, por fim, o meu pai. não o que me educara, certamente, mas o que sem querer constituíra a minha matéria, ou por assim dizer o meu próprio magma.

os sentimentos se confundem e são múltiplos. é estranho falar sobre isso. é estranho agora que estou a poucos minutos diante de meu passado. e por isso que registro tudo no gravador, para que nada se perca em juízo de forma com o que concateno em palavras. para que depois eu possa transcrever sobre isso no papel e entender com mais exatidão esse processo que aqui externalizo.

marquei o encontro, alegando ser uma entrevista para um veículo de imprensa local. ignoro o fato de estar inseguro e trêmulo por dentro, mas sabemos que podemos enganar a todos menos a gente mesmo.

um homem alto está vindo em minha direção. tem o semblante calmo, cabeça raspada e, no rosto, óculos. é o mesmo das fotografias. é ele. aproxima-se da mesa em que estou. sorri ao me ver. meu pai.

CENA 2

é o caro jornalista? prazer, cumprimenta-me doutor Alberto, apertando a minha mão. peço desculpas pela demora. Brasília é um caos a essa hora.

sem problema. só foram quinze minutos, respondo.

eu marquei nesse bistrô porque gosto muito daqui. você já o conhecia?

não.

há um quibe de berinjela com ricota maravilhoso que gostaria que comesse comigo.

vira-se para o garçom e faz o pedido, acrescentando um suco de laranja.

e o senhor?, pergunta-me o rapaz.

por enquanto, ficarei apenas com a água. obrigado.

com licença.

se quiser já começar com as perguntas.

claro, doutor. mas antes, olhe para mim. o senhor não reconhece nada?

como?

olhe bem para mim.

ele me fitou sem dizer uma única palavra.

eu vim do Rio unicamente para vê-lo.

do Rio?

sim, doutor Alberto. eu sou o Escobar, o filho da dona Zélia e o renegado por ti.

CENA
3

olhando de fora consigo arquitetar melhor a cena.

o tempo ficara suspenso, com segundos emudecidos entre a gente. meu pai mulato parecera estranhamente pálido quando lhe disse de quem se tratava. eu também deveria estar pálido. minhas mãos tremiam. foram minutos de desencontro entre as palavras que se comprimiam sobre os fios nebulosos do tempo que agora ali diretamente nos ligavam.

eu não esperava...

ver o próprio filho a sua frente? o filho renegado por ti... sim, eu sei.

por que não disse que era você quando me contactou?

porque eu queria exatamente encontrá-lo no susto, sem que houvesse preparação.

por que veio me ver?

por quê? como por quê? o senhor é o meu pai, esse é um bom motivo, não acha?

claro, mas...

eu soube que foi me procurar há alguns anos no Rio.

sim, eu queria te conhecer. ter a oportunidade de corrigir o meu erro. sua mãe não quis que eu me aproximasse de ti e eu respeitei o pedido dela.

e passaria a vida toda sem me conhecer.
eu coloquei em minha cabeça que o ideal seria pensar que eu não tive um filho no Rio. esquecer essa questão. negar como fez na primeira vez? sei que chegou a falar para a minha mãe que duvidava que eu fosse seu filho. aliás, tem dúvidas ainda de que eu não seja? olha bem para mim. veja o meu rosto, o meu cabelo...

foi então que aquele homem desabou em choro. eu fiquei olhando-o esmorecer.

não tenho dúvidas. apesar da nossa diferença de pele, eu reconheço meus traços em ti. e sei também que o filho que sua mãe carregava na barriga era meu. sempre soube. eu estou muito envergonhado, meu filho. muito, meu filho. mas ao mesmo tempo emocionado porque eu pensei que nunca teria essa oportunidade que estou tendo agora.

não consigo compreender como foi capaz de largar uma jovem esperando um filho seu.

eu fui extremamente egoísta. só pensei em mim. mas eu era muito novo e ambicionava mais do que tudo a carreira que tenho hoje. nada justifica, eu sei, mas sua mãe e eu não éramos namorados. a gente tinha um lance legal. eu gostava de sua mãe, de sua alma livre e cheia de personalidade. foi uma gravidez nada programada. e calhou de acontecer justamente no momento em que consegui uma aprovação no curso de Medicina, aqui em Brasília. eu era um jovem negro, oriundo da periferia, com mãe empregada doméstica, pai alcoólatra e dois irmãos. um que, inclusive, perdemos por ter se enveredado nessa vida de crime. eu tinha o desejo de ascender socialmente, de forma digna. dar uma vida melhor a minha família, sair daquele círculo vicioso de gerações e me tornar aquilo que desde pequeno eu dizia que seria, mesmo que, na maior parte do tempo, eu ouvisse o oposto das pessoas. afinal, um corpo preto e pobre, filho de pais semianalfabetos, não serve para ser doutor.

com licença. aqui estão os dois quibes e o suco.

obrigado.

mais alguma coisa?

não. você quer alguma coisa, filho?

não.

fiquem à vontade.

por que não foi homem de assumir o seu próprio erro? não precisava abrir mão de seu sonho para me registrar no papel. eu me vi sem alternativas naquele momento. fui egoísta, sim, mas eu me arrependo. quando compreendi o que ser pai significava, com o nascimento de Joana, sua irmã, algo dentro de mim se modificou. amadureci como homem e pensei que deveria acertar as contas com o meu passado. por isso voltei ao Rio, para pedir perdão a sua mãe e poder te ver. sei o quanto deve se sentir mal com tudo isso. não há como voltar ao tempo...

não há. eu sei que fui o seu erro. eu não queria ter sido essa pedra no meio do teu caminho. eu juro que não queria.

eu que errei de não ter sido homem o suficiente naquele momento. como eu disse, eu era um jovem negro cheio de sonhos e com poucas alternativas. fui o primeiro da família a entrar em uma universidade. quando vi aquela chance de cursar o que realmente almejava, não quis pensar em mais nada. errei, eu sei. errei duplamente. com tua mãe e contigo.

eu confesso que não gostaria de lhe entender... mas, no fundo, o entendo, disse-lhe. mesmo que eu sinta uma sensação deplorável por dentro e não concorde com a sua atitude,

eu compreendo suas questões. talvez por isso eu esteja aqui
falando com o senhor.

sua mãe é uma grande mulher. apesar de tudo, ela quis lhe ter.
e sou grato a ela por isso. você é um rapaz muito bonito.
dona Zélia é tudo para mim. aliás, as minhas duas mães, dona
Zélia e dona Charlote. duas grandes referências femininas.

eu imagino. Zélia e a sua companheira foram tudo que eu não
fui para ti.

exatamente. e tenho muito orgulho por ter sido criado
por um casal de mulheres que soube me dar educação,
amor e carinho.

não tenho dúvida, meu filho. mas a única coisa que me resta
depois de mais de vinte anos é pedir o seu perdão. sei que
talvez eu não mereça, porque fui extremamente egoísta e
estúpido contigo e com tua mãe, mas eu quero dizer que
estou muito feliz em poder finalmente vê-lo. desde já te
agradeço por ter vindo aqui. se me falasse antes, eu mesmo
teria ido ao Rio.

não fiz isso pelo senhor, mas por mim. era o nosso acerto
de contas.

eu te peço perdão. perdão, meu filho. perdão pela sua mãe,
por ti, pelo meu egoísmo, por tudo.

enquanto aquele homem suplicava por perdão diante de mim,
meus olhos encheram-se de lágrimas. não, eu não queria
chorar. o contrário, queria poder esganá-lo com as minhas
próprias mãos ou, no mínimo, levantar-me e deixá-lo ali na
mesa, a esmo, sem qualquer redenção de minha parte. no
entanto, o que havia dentro de mim, para além de minha
mágoa quase austera, era um verdadeiro sentimento de
piedade e amor por aquele homem. e embora eu quisesse
negar, negar toda aquela imensidão de mar e náufrago sobre

mim, disse que sim, que o perdoava. sim, eu o perdoava, com a apaziguadora entrega do perdão.

ele levantou-se da mesa e perguntou se podia me dar um abraço. levantei-me, em seguida, e sem reservas nos abraçamos, finalmente, como pai e filho.

que máximo, Escobar. eu estou emocionado só de ouvir você falar tudo isso, disse Bruno.

eu também, meu amigo. foram dias que jamais irei esquecer. para além do meu pai, fui apresentado a sua esposa Renata, que também é médica, minha irmã Joana, que é uma adolescente linda, e minha avó, dona Lurdes, uma senhora muito espirituosa e comunicativa. inicialmente, achei, que pudesse não ser muito bem recebido pela sua família, mas foi uma experiência muito legal.

fico muito feliz que tenha dado tudo certo.

sinto que estou mais leve, sabe? eu tinha esse empecilho dentro de mim.

vocês mereciam esse perdão. tanto seu pai quanto você.

eu te agradeço por ter feito me despertar para esse encontro. se não fosse por ti, nada disso teria acontecido.

imagina, cara.

eu quero ser teu amigo para sempre, Bruno. para sempre.

e será, Escobar.

CENA
4

a vida amanhece, o corpo estremece num bocejo misturado ao som de pássaros cantando. por fora, a carne, a matéria. por dentro, os órgãos, milhões de células. a natureza me entregando a luz do dia. meu corpo em movimento. os pés se mexem. os olhos piscam. a ordem natural das coisas é divina.

CENA
5

na janela, um jardim ensolarado, quase bonito.
sobre a grama esverdeada, averiguo um pássaro célere
caminhar. uma andorinha.
sorrio e, assim, caminha-se a vida.
o mundo brotava da janela como uma pintura impressionista,
borrada por camadas de verde, azul e amarelo. seria
o meu olhar diante das coisas ou a própria existência
manifestando-se em puro êxtase sinestésico?
R. anda pelas ruas do Flamengo, Botafogo, Humaitá,
Copacabana, Ipanema e Leblon, sozinha ou acompanhada,
enquanto eu a imagino caminhar, dentro da redação. às
vezes, em casa, deitado na cama, na pausa de uma leitura
de um livro ou vendo televisão. andando também por aí.
não sei aonde. enquanto passo a máquina no cabelo ou
tomo uma xícara de café expresso na padaria. sim, eu a
vejo por trás dos vidros. sempre na sua mansa calmaria. o
movimento charmoso e arquitetônico do corpo e dos cachos,
luminescentes à luz do dia, olhando para vitrines, segurando
livros e fumando cigarro. observando o tempo, as árvores, as
pessoas, as flores, as praças, as ruas e as esquinas. fruindo tudo
para dentro e externando toda a luminescência para fora,
através da linguagem. escrevendo poemas no papel.

R. se sente só, às vezes, assim como eu me sinto. mas logo um abraço amigo. as horas de trabalho concomitante à pesquisa acadêmica. ocupa-se a solidão com a burocracia das horas.

queria perguntar sobre o bonsai. mas não lhe pergunto. queria dizer bom dia e coisas também bonitas. mas não lhe digo.

R. caminha, e eu a caminho. opostos e na mesma direção. próximos e distantes dentro desse labirinto.

R. medita, e eu a canonizo.

TAKE
1

a livraria encontra-se cheia. é o lançamento do livro de R.

Escobar não consegue vê-la direito de onde está. vai até o caixa pagar pelo exemplar. dois. para ele e Camila.

ambos seguem para a fila. Escobar segura o livro e o bonsai que dará de presente à poeta. Camila folheia algumas páginas de seu livro. ela não é ligada com poesia, mas tenta. recita alguns versos para Escobar.

quinze minutos. logo chegará a vez do casal.

a primeira imagem que o rapaz tem de R.: tênis *all star* bota, calça jeans e blusa branca.

segue, por fim, em sua direção.

que bom que você veio, querido, R. diz.

entrega-lhe o bonsai.

que graça.

ambos se abraçam.

Escobar apresenta-lhe Camila.

prazer, ambas dizem.

o fotógrafo pede para que os três olhem para a câmera. o bonsai é colocado na mesa, à frente deles.

TAKE
2

depois de se olhar no espelho, Escobar sai do banheiro, indo ao encontro de Camila, que contempla alguns vinis no segundo andar da livraria. pergunta a ela se não está a fim de parar em algum lugar, para comer alguma coisa.

claro, amor, afirma.

antes de sair da livraria, Escobar olha para trás. visualiza R. autografando mais um livro. está deslumbrante. sorridente.

Camila lhe diz alguma coisa que ele afirma sem nem mesmo saber o que está a ouvir.

CENA
6

eram três e pouca da manhã, talvez quatro, quando eu acabei entrando por acaso no blog em que R. moderava. sei que estava fazendo uma pesquisa sobre o mestrado em literatura. eu andava meio que ligado na ideia, porque havia sido chamado para ser aluno ouvinte de uma das disciplinas do curso, antes de ingressar no ano seguinte, na UFRJ. foi no Fundão que a minha consciência literalmente se expandiu, e vi que eu queria trabalhar, de fato, como pesquisador e professor de literatura. o blog de R. aberto no navegador mostrava um *post* em que ela informava que havia passado no processo seletivo para o mestrado, no caso em Literatura Brasileira. vi que ela também era jornalista, além de poeta. já havia entrevistado muitos escritores como eu também entrevistava.

comecei a ler as suas coisas. havia uma foto dela bem bonita em seu perfil no blog. o braço pousado na parede. os ombros nus. os cabelos iluminados pelo sol que afogueava o castanho aloirado de seus cachos. a face do rosto para baixo, com a testa encostada sobre o braço, dava-lhe uma atmosfera dubiamente angelical e erotizada. havia outra foto também que gostei bastante em um dos *posts*, da qual ela sorria para a câmera, segurando um livro de Kafka, sentada no chão de uma biblioteca, não sei se sua. pelo que pude ver no título, tratava-se dos diários do escritor tcheco.

encontrei-a nas redes sociais. tínhamos muitos amigos em comum do meio literário. pronto. adicionada.

CENA
7

Bruno caminha pela orla da praia de Copacabana, ao lado do amigo de trabalho. eles visualizam um casal de rapazes se beijarem próximo à praia.

olha lá. duas mariconas, comenta Marcos.

que coisa doida isso, diz Bruno.

eu não tenho nada contra, mas não acho esse tipo de exposição legal. ninguém é obrigado a ver dois marmanjos se pegando na Avenida Atlântica. ainda não estamos no Carnaval.

talvez eles estejam em uma outra sintonia.

como?

não ligam tanto para o que as pessoas possam falar.

falta de vergonha na cara. depois tomam uma porrada e aí reclamam.

eles não deveriam apanhar por isso. a rua é pública.

mas tem crianças na rua, idosos... deveria haver um respeito, não acha?

Bruno prefere não comentar sobre o que verdadeiramente acha, mas pergunta a Marcos:

você já se imaginou tendo um amigo gay?

sei lá. acho que nunca tive. quer dizer, não de forma íntima, de sair como a gente sai para bater papo, beber cerveja, correr, etc. eu não tenho o menor problema com isso. não sou homofóbico. desde o momento que não me cante.

com certeza.

e você?

eu o quê?

teria amigos gays?

conheço alguns, dois ou três. mas cada um na sua.

já se imaginou beijando na boca de um barbado?

como?

é brincadeira. sei que deve achar uma tremenda nojeira.

claro. nunca me passou pela cabeça.

você sabia que... bobagem.

diga.

tem gente do trabalho que fala que nós temos um caso.

sério?

as brincadeirinhas de mau gosto dos fofoqueiros.

nunca ninguém falou isso na minha frente.

tem muita gente falsa naquela empresa.

isso eu sei que tem.

você é uma das poucas pessoas em quem confio naquele lugar. gosto muito de ti como se fosse um irmão.

eu sei e fico feliz por isso.

quando eu entrei lá no trabalho, me disseram uma bobagem de ti.

que tipo de bobagem?

que você era meio... me entende?

gay? que loucura! quem acha isso de mim?

o povo fofoqueiro.

você acreditou?

eu sei que você não é gay, Bruno. você é a pessoa mais legal que já conheci. me ensinou muita coisa lá dentro. você é um camarada muito massa. as pessoas confundem educação com viadagem.

e se eu fosse, mudaria alguma coisa entre a gente?

acho que não. sei lá... por que está dizendo isso?

por nada. fique tranquilo, não sou gay. tenho namorada, sim? eu acho super estranho dois homens. não consigo entender como acontece essa dinâmica, mas sou a favor da felicidade de cada um.

por que a gente não marca com a sua mina de irmos ao cinema qualquer dia? a Sabrina está querendo ir.

claro, vamos, sim. e como vocês estão?

a gente está se conhecendo.

você gosta dela?

gosto. ela é uma menina bacana, mas não estou apaixonado.

mas olha quem eu encontro aqui.

Escobar.

como você está, queridão?

suado, mas bem. olha, esse aqui é o meu amigo Marcos.

prazer.

Marcos, esse é um grande amigo, que é jornalista e escritor, o Escobar.

prazer, Escobar.

o Bruno fala muito de ti.

ah, é? fala?

segundos de silêncio. sinto que não deveria ter dito aquilo. Bruno me fita com um olhar de advertência. tento desanuviar seu embaraço, completando:

sim, diz que você é um grande camarada, praticamente um irmão.

a recíproca é verdadeira. o Bruno é o irmão que nunca tive.

CENA
8

aqueles dois saíram uma noite para dançar. Marcos acabou passando do ponto na bebida e Bruno não o deixou dirigir de volta para a casa. do contrário, levou o carro para Marcos. como estavam perto do endereço de seu apartamento, Bruno acomodou o amigo por lá. deu água e um pedaço de goiabada para o rapaz, a fim de diminuir o efeito do álcool. deixo-o no quarto de hóspedes e foi dormir no seu, quase ao lado.

no dia seguinte, preparou um café da manhã reforçado para Marcos, que acordou com um pouco de enxaqueca. os dois passaram o dia todo juntos em sua casa. ouviram música, assistiram a filmes e jogaram videogame. houve um momento de silêncio entre os dois, sobretudo enquanto eles conversavam, deitados entre o sofá e o tapete da sala. eles riam de alguma coisa que eu não peguei. Marcos encarou Bruno de uma forma como nunca antes.

você é um doce, rapaz, sabia?, ele assim disse. eu gosto muito de ti.

eu também, respondeu Bruno.

se você fosse mulher, eu acho que te namoraria, revela Marcos.

sério? digo, que papo é esse, cara? eu, mulher?

sim, confirmou o amigo. você sempre cuida de mim. é tão doce e gentil. às vezes, você me passa um ar de fragilidade, uma coisa meio feminina, que dá vontade de te proteger, mas não me entenda mal.

Bruno sorriu encabulado com aquele comentário.

ficou envergonhado?, perguntou Marcos.

um pouco.

não fique. você é uma gracinha.

me acha meio afeminado?

jamais. você é um anjo.

eu também te namoraria. se você fosse mulher, é claro.

Bruno deu uma breve risada.

nunca me imaginei sendo uma mulher. seria, no mínimo, gozado. nós estamos muito gays com esse papo, não acha?

verdade.

eu preciso ir para casa.

por que não fica mais um pouco?

eu estou o dia todo em sua casa. preciso te deixar livre um pouco.

para mim é uma alegria estar aqui contigo.

também gosto de estar ao seu lado, mas eu preciso ir.

fique mais um pouco, por favor.

e a sua namorada? cadê?

ela está viajando.

está onde?

em Petrópolis, na casa da família.

mas ela não te liga?

sim, mas não somos muito grudados. não gosto muito de relacionamento chiclete. ela me mandou mensagem mais cedo, perguntando se estava tudo okay.

você viu a quantidade de vezes que a Sabrina me ligou?

deve estar uma fera.

certamente. mas eu precisava ter saído ontem. ela me sufoca, às vezes. e isso que nem estamos namorando.

ela deve estar me odiando.

fique despreocupado.

mas ela pode achar coisas.

somos todos grandinhos. e fui eu que te convidei.

na cabeça dela...

deixa a Sabrina comigo. mas, olha, eu vou embora. foi maravilhoso ter passado o dia contigo. mesmo. acabei ocupando quase todo o seu sábado.

gosto da sua companhia.

não está de saco cheio?

como ficar?

você é um anjo. eu te amo, tá, gracinha?

também te amo.

me dê um abraço aqui.

CENA 9

na segunda-feira, durante o expediente do trabalho, Bruno notou Marcos um pouco diferente. estava frio e distante, avesso do que fora em sua casa dias antes. talvez, fosse impressão sua? talvez, por conta de Sabrina, que olhava, vez ou outra, de rabo de olho para ele. talvez.

acontece que, à medida em que os dias corriam, o contato dos dois rapazes ia ficando cada vez mais insosso. Marcos passou a não responder as suas mensagens no celular, embora as visualizasse. Bruno resolveu não ligar para o amigo durante o final de semana. talvez, estivesse com Sabrina. não queria ser importuno.

será que fiz alguma coisa que o desagradou?

precisa falar com ele, eu lhe disse.

durante o expediente, aproveitou o momento em que o rapaz ficou sozinho, na pequena copa da empresa, para indagá-lo.

ei, aconteceu alguma coisa?

não, por quê?

você está estranho comigo. a gente quase não conversou na última semana. não responde mais as minhas mensagens. é a Sabrina?

sim, estou evitando problemas.

quais problemas? você disse que não estava namorando.

estamos agora. eu gosto da Sabrina. ela é uma boa garota. e é melhor que a gente não fique muito próximo.

por quê? somos amigos, cara. eu te fiz alguma coisa que não gostou?

a Sabrina fica reclamando.

a Sabrina, claro. e não podemos mais conversar agora? antes dela, nós éramos amigos.

as pessoas pelos corredores falam que você e eu somos um casal.

e você liga para isso?

você não?

não, eu estou pouco me lixando para essa gente.

mas eu não quero a minha imagem associada a esse tipo de coisa. a Sabrina veio me perguntar se nós dois temos um caso.

desculpe, mas essa garota é uma idiota!

não é só ela que pensa isso.

e por isso prefere me ignorar agora?

não estou te ignorando.

você está me tratando como se eu fosse...

pare de drama.

drama? você passa a porra dos dias sem falar direito comigo, como você quer que eu me sinta?

está alterando a voz por quê? quer que as pessoas nos ouçam?

olha, independente de qualquer coisa, me desculpe. me desculpe por tudo. se eu fiz alguma coisa que te desagradou, me desculpe. só não me ignore, por favor, Marcos. eu te amo, cara. você é uma das pessoas mais importantes para mim.

pare de agir feito uma bicha!

o quê?

eu sou homem, cara.

eu sei que você é homem. nunca me passou pela cabeça que não fosse. mas no caso aqui eu que sou a bicha, não é?

com licença, Bruno.

CENA
10

qual é o melhor caminho a se seguir? viver naturalmente o desejo ou negá-lo por uma mera convenção? o fato é que o medo sempre nos imobiliza. o medo. o maldito medo. mas quem nunca sentiu medo, não é mesmo? vocês costumam dizer que o medo é um mecanismo de defesa. sim, faz algum sentido. embora, o doutor diga que devemos ter coragem também, porque não podemos nos tornar reféns dele, certo?

CENA
11

eram um pouco mais de vinte e três horas. Bruno já havia bebido algumas cervejas, quando entrou em um desses aplicativos de encontros, marcando com um desconhecido que conversara durante dez minutos.

Bruno escreveu que sentia-se triste e sozinho. o outro, apresentado apenas como Noturno, em seu perfil, respondeu que poderia entretê-lo, dando-lhe prazer e companhia.

mas é um pouco tarde, não acha? a gente nem se conhece direito.

podemos nos conhecer quando eu estiver aí. juro que não mordo, só se você quiser.

chegaria em quantos minutos?

mande seu localizador, Bruno lhe enviou.

vinte minutos foi o tempo em que o homem levou para chegar em seu apartamento.

Bruno estava sem camisa e perguntou se ele queria uma bebida. o camarada respondeu que sim.

prefere vodka ou cerveja?

os dois, mas sobretudo você, respondeu, agarrando Bruno pela cintura e dando-lhe, em seguida, um beijo na boca.

CENA
12

você realmente é ótimo, dizia Bruno desnudo entre os lençóis da cama, ao lado do homem que conhecera pelo aplicativo.

sente-se melhor agora?

muito. estava na maior bad antes de você chegar.

por quê?

não vale a pena agora.

você mora sozinho aqui? é um apartamentaço para se viver sozinho.

é verdade. mas sabe que eu gosto. eu funciono bem morando sozinho. quer dizer, eu gostaria de ter alguém para dormir comigo de vez em quando.

já tem a mim.

até parece.

por que não?

sei que veio aqui apenas para um encontro casual.

isso se você quiser. particularmente, eu gostei muito de ti.

eu também gostei de ti. você é solteiro?

infelizmente.

eu nunca namorei outro cara.

não? então eu serei o primeiro? que honra!

não sei ainda.

você não gostou de mim.

não é isso.

então?

eu não quero mais ser magoado.

ei, e quem aqui vai te magoar, hein?

você fala sério mesmo?

sobre?

a gente namorar.

por que não?

nos conhecemos há menos de duas horas.

o amor não cronometra as horas para acontecer.

CENA
13

as coisas poderiam ter finalizado exatamente assim. talvez porque no fundo eu queria que fosse assim. Bruno merecia ser feliz. o doutor me entende? todo mundo merece ser feliz. seja gay, bi, hétero, trans, preto, branco, magro, gordo. enfim, todos, doutor.

se eu pudesse editar esse momento...

mas, infelizmente, não posso.

CENA
14

enquanto Bruno retirava as bebidas do congelador, sentiu uma estranha sensação envolver o seu corpo. um doloroso incômodo à altura do tórax.

as garrafas caíram no chão.

ele olhou para trás.

o que está fazendo?

o homem segurava um canivete sujo de sangue. Bruno tentou se defender, mas foi golpeado com um soco à altura do nariz.

por que está fazendo isso, cara?

Bruno é perfurado no braço. agora, na altura do peito e da barriga.

tentou correr para fora da cozinha, desabando no chão do corredor que dava para a sala.

o homem parecia transtornado. havia um misto de prazer e ódio em sua expressão.

por favor, não me mate!, exclamou Bruno enquanto se arrastava ensanguentado para o corredor.

novas perfurações. três nas costas e duas na cabeça.

trinta e cinco, no total, em diferentes partes do corpo.

o monstro, antes de fugir, furtou pequenos objetos de valor da casa.

sim, mais uma matéria despedaçada, amorfa, brutalmente assassinada. mais um número dentro de um fatídico quadro de estatísticas.

Bruno de olhos abertos, fixamente diluídos e arredados, era como uma representação triste e hermética de um quadro expressionista.

minutos depois, um ser misterioso aparecera ali no apartamento, crispando os olhos do rapaz. dono de uma exacerbada luz e beleza, tinha sobre si uma fisionomia serena, embora chorasse em silêncio diante da cena. suas longas asas de pássaro cobriram feito manto o corpo de Bruno.

não, não tratava-se de um animal, embora de longe não fosse também uma figura naturalmente humana. tinha uma beleza rara e amedrontadora. era um delicado anjo.

CENA
15

Escobar, você está aí?

sim, doutor.

sei que não é fácil para ti, mas precisamos encarar os fatos. está aqui para superar tudo isso.

eu sei, doutor. mas, às vezes, sinto como se a vida não fizesse muito sentido.

é normal que o nosso subconsciente negue determinadas coisas. mas a experiência do luto precisa ter começo, meio e fim. precisamos nos libertar desse sentimento, até para continuarmos vivendo de forma saudável.

devo me convencer então de que o meu amigo morreu?

ele continuará vivo em suas lembranças, Escobar. assim como todas as pessoas que amamos.

mas por que o Bruno, doutor? por quê?

a vida é incompreensível, Escobar. acontecem coisas que fogem do nosso controle.

um amigo tira a própria vida e, depois, perco outro brutalmente assassinado. que merda de vida é essa?

respire fundo. precisa relaxar.

eu não aguento mais tudo isso, doutor.

você é forte.

eu não sei.

você sabe.

e quanto a R., doutor? o que faço?

liberte-se.

CENA
16

penso em inúmeras cenas para o dito cujo dia. uma tarde de temporal no meio do trânsito em Botafogo. um encontro ensolarado no Parque Lage ou mesmo no Jardim Botânico. ou seria melhor na Praça Paris? não, talvez na praia de Copacabana. não, R. descendo as escadas do Cristo Redentor, de vestido e jaquetinha.

certamente, hoje irei revelar tudo que nos últimos meses nunca ousei te dizer. sinto que não posso mais esconder tais sentimentos. é perturbador olhar para ti e rejeitar o próprio desejo aqui latente. esconder para si o que o próprio corpo panteia.

escrevo-te numa tentativa voraz de eternizar o meu triste e alegre sentimento — de te amar calado — na raiz enleva da palavra.

poesia, confissão, devaneio ou pura prosa? isso já não importa. afinal, o que somos exatamente? a soma da hipotenusa?

encho mais uma taça de vinho. coloco o álbum de Chet Baker para me ajudar.

somos um extenso conglomerado de vozes e de corpos, de sinfonias e prelúdios que se entrecruzam no vazio do espaço. no fundo do próprio azul do céu de incertezas intermináveis. na cordilheira do próprio mistério que há em mim e você. neles e nelas. no próprio vórtice do silêncio, culminado por borboletas cegas, prontas para o último autêntico voo.

escrevo-te para não morrer de tédio, de amor e desgosto. escrevo-te para sobreviver neste caos provocado pela sua entrada não programada em minha vida. e por que não para te esquecer?

jamais poderei te esquecer. sou um animal que ama intensamente. um animal que olha para a vida, com a certeza de que não somos mais do que meros personagens errantes de uma grande, média e curta história, que já foi contada, escrita e reescrita por alguém antes – e muito antes.

mas por quem?

certos mistérios da vida me transcendem, porque sou um animal ignorante para entender. mas eu te juro que não quero entender. seria impossível compreender. te amar me basta como esperança, e o espetáculo da vida é assim: feito o silêncio das montanhas.

CENA
17

a campainha toca. fecho então o notebook. levanto-me da escrivaninha. o olho mágico. não acredito. ela veio.

ajeito a minha roupa. olho-me rapidamente no espelho. volto para abrir a porta.

oi.

que bom que você veio.

achou que eu não viesse?

talvez, digo, abraçando-a. mas entre. fique à vontade.

com licença, R. diz. então é aqui que você mora.

não repare muito. a casa está um pouco bagunçada.

seu apartamento é uma graça.

obrigado.

e me parece aconchegante, disse tirando a echarpe do pescoço.

tem o dedo da minha ex, que é arquiteta.

é uma graça, realmente. adorei os quadros.

são de um amigo de São Paulo, artista plástico.

gosto da fusão das cores e dos elementos.

ele é um grande artista.

já sonhei que vivia dentro de um quadro. sim, foi um sonho bem maluco. eu vivia dentro de um quadro e tinha consciência de que estava dentro dele. creio que nunca tenha ouvido ninguém falar qualquer coisa do tipo. tenho sonhos bastante esquisitos, às vezes.

eu também. alguns nem sequer compreendo, mas meu analista diz que é normal.

quantos livros.

meus companheiros de solidão.

todos los fuegos el fuego.

aceita tomar uma taça de vinho?

sim, claro.

R. senta-se no sofá comigo. fazemos um brinde. ela fecha os olhos, colocando o rosto para trás como se performasse um implacável estado de graça. eu a observo em silêncio, com a mão esquerda apoiada sobre a nuca.

logo ela recompõe-se do gesto, levando a taça novamente à boca.

olhando para mim, R. pergunta:

o que fazia antes de eu chegar?

escrevia algumas coisas.

atrapalho?

de forma alguma. na verdade, eu estava te esperando. precisava que viesse aqui. olha o meu coração, digo-lhe, colocando a sua mão em meu peito. está ouvindo?

R. sorri.

olha, eu...

R. toca seus dedos em meus lábios.
eu não evito beijá-los. e os beijo.
o doce instante lúbrico tomando conta da cena.
meu corpo em febre então se agita. nossos corpos se aproximam. e em seguida a minha boca indo de encontro a sua.

a campainha toca.

salvo o texto e fecho o notebook. levanto-me da cadeira da escrivaninha. sigo em direção à porta. o olho mágico.

a noite permanece escura. estou dentro dela. diluído em sua própria dimensão cósmica. calmo e ao mesmo tempo inquieto. concentro-me na própria extensão do silêncio, que é solidão e mistério. não mais as palavras, apenas o silêncio, com o coração coberto de flores. e eu te canto mudo e tão somente te entrego tudo, um beijo apaixonado de palavras sem esforço, num gesto entusiasmado, estupidamente gratuito.

Márwio Câmara
nasceu no Rio de Janeiro, em
1989. É bacharel em Comunicação
Social/Jornalismo, licenciado em
Letras e pós-graduado em Estudos
Linguísticos e Literários. Assina
entrevistas com escritores brasileiros
para o Jornal Rascunho. Leciona
Língua Portuguesa, Literatura e
Produção Textual. Autor do livro
Solidão e outras companhias.

Este livro foi composto em Baskerville no papel
Pólen Bold para a Editora Moinhos.

*

Era março de 2021.
No Brasil, um novo Ministro da Saúde chegava
para informar lockdown não funciona.

*

A rádio Inconfidência toca *Muito Romântico* na voz de Luiz Melodia.